No mires debajo de la cama

Juan José Millás

No mires debajo de la cama

ALFAGUARA

© 1999, Juan José Millás
© De esta edición:
1999, Grupo Santillana de Ediciones, S. A.
Torrelaguna, 60. 28043 Madrid
Teléfono 91 744 90 60
Telefax 91 744 92 24
www.alfaguara.com

• Aguilar, Altea, Taurus, Alfaguara S. A.
Beazley 3860. 1437 Buenos Aires
• Aguilar, Altea, Taurus, Alfaguara S. A. de C. V.
Avda. Universidad, 767, Col. del Valle,
México, D.F. C. P. 03100
• Distribuidora y Editora Aguilar, Altea,
Taurus, Alfaguara, S. A.
Calle 80 Nº 10-23
Santafé de Bogotá, Colombia

ISBN: 84-204-7862-8
Depósito legal: M. 35.513-1999
Impreso en España - Printed in Spain

Diseño:
Proyecto de Enric Satué
© Cubierta:
Juan Millás Sánchez

Uno

La juez Elena Rincón y el forense a su cargo acababan de levantar un cadáver en López de Hoyos y ahora volvían al juzgado de guardia en el coche oficial, conducido por un chico muy joven, con cara de asombro, a cuyo lado iba un secretario flaco dando cabezadas sobre el borde de un maletín negro al que permanecía abrazado. Eran las tres de la mañana en la calle, pero sobre todo en el ánimo de la juez, que aunque parecía observar las aceras desiertas con un interés inexplicable, estaba levantando interiormente un cadáver que tenía el rostro de ella misma y su cuello, sus manos, sus piernas, su cintura. No mostraba signos de violencia. Si le hubieran hecho un análisis forense, habría salido una autopsia blanca. Y sin embargo, en el origen del deceso había una decepción, una herida.

Meses antes había fallecido su padre con el alivio, si no con la dicha, de verla convertida en una juez con plaza en Madrid. Su padre creía, y le hizo creer a ella en otro tiempo, que los jueces movían el mundo. Quizá lo movie-

ran en la pequeña localidad norteña en la que
había vivido él y en la que la propia Elena había ejercido durante los primeros tiempos, tras
aprobar la oposición, pero no en una ciudad
como Madrid, donde el día a día, en los juzgados, era embrutecedor y las guardias dejaban
una dotación de amargura que se precipitaba,
como un sedimento de plomo, en el fondo del
ánimo.

Los días de guardia, a estas horas de la
noche, siempre se acordaba en un momento u
otro de su padre con una mezcla de culpa y de
resentimiento. Había asistido a su entierro con
cierta precipitación y ni siquiera recogió la casa después del funeral. Se limitó a cerrarla tras
de sí, como si continuara habitada, y regresó a
Madrid con la confusa idea de que mientras
no se movieran sus cosas él continuaría vivo y
ella podría aplazar un duelo que en aquellos
instantes no sentía. Una noche llegó a llamarle
por teléfono y justo en el instante de darse
cuenta del desatino saltó el contestador al otro
lado y escuchó la voz del muerto rogando que
le dejara un mensaje después de la señal. La
juez colgó aturdida, pero se quedó obsesiona-
da con la idea de que había encontrado una vía
de comunicación con el difunto a través de la
cual podría decirle todavía algo que le doliera.
Que los jueces no dirigían el mundo, por ejem-

plo, era mentira, una mentira a la que se había entregado con el mismo empeño que a la construcción de un arca que la pusiera a salvo del diluvio. Pero el diluvio era la vida misma, así que lo que había creado era una cápsula en la que me fui aislando de la existencia, por eso ahora no comprendo las calles ni concibo las emociones cerradas que amueblan los rincones de mi ánimo oscuro. Padre.

Así iba diciendo la magistrada desde el fondo del automóvil en el que regresaban velozmente al juzgado, escoltados por un coche zeta de la policía con las alarmas encendidas. Y era tal la intensidad con que se dirigía a su padre que temió haber pronunciado en voz alta alguna palabra, por lo que se volvió al forense, que viajaba a su derecha.

—¿Qué pasa? —preguntó él con expresión de solidaridad nocturna.

—Nada —dijo la juez—. Estaba levantando mi cadáver.

—Si necesitas que te hagan la autopsia, date luego una vuelta por mi despacho.

Dicho esto, el forense, con el que ya había coincidido en alguna otra guardia, sacó un cigarrillo y antes de encenderlo le extirpó la boquilla introduciendo la uña del pulgar en el punto preciso de la articulación. Nunca pedía permiso para fumar, y cada vez que la magistrada intentaba censurarle con una mirada de autoridad, él la desarmaba con expresión de muchacho cogido en una travesura. En cierto modo, se parecía al padre de Elena Rincón. Era de su tamaño, más bien menudo, y habría podido pasar por un trabajador manual cualificado: quizá un buen electricista, o un calefactor perspicaz. Tenía los dedos muy, muy largos y, pese a ser un hombre maduro, sus movimientos eran ágiles. Elena Rincón y él habían levantado varios cadáveres juntos y la juez le había visto moverse alrededor de ellos con la sabiduría del técnico capaz de buscar la causa de la avería, del óbito, en lugares aparentemente alejados de donde aparecía el daño.

Ya habían enfilado la Castellana, cuando el forense, al comprobar que la aflicción dibujada en el rostro de ella no acababa de mitigarse, le dio en el muslo dos ingenuas palmadas de compañerismo que turbaron a la juez. Tampoco era raro que las noches de guardia, después del levantamiento de un cadáver, Elena Rincón sufriera alguna sacudida venérea que añadía más confusión a su estado de ánimo.

Llegados a la Plaza de Castilla, la magistrada se dirigió con apremio a sus dependencias, dejándose caer sobre la cama de la habitación anexa al despacho del juzgado de guardia. Nunca, hasta aquella noche, se había dicho las cosas de una forma tan terminante, tan brutal. Todo era mentira. ¿Y ahora qué? Recordó una novela leída en la época de estudiante sobre un sacerdote sin fe que oficiaba con más dignidad que antes de perderla. ¿Podría ella ejercer honradamente sin creer en lo que hacía?

Agitada por este cúmulo de afectos, abandonó en seguida la habitación, entró en el despacho y marcó el teléfono de la casa de su padre. Oyó el mensaje de saludo, el pitido y a continuación, durante unos segundos interminables, el silencio de la casa, en la que imaginó a los muebles y los objetos lanzándose señales de extrañeza frente a aquella invasión de la vida exterior. Colgó sin abrir la boca y permaneció de pie, ensimismada, unos segundos. Quedaban más de cinco horas de guardia, una eternidad de desasosiego, demasiada noche por delante. Así que salió de su despacho y se dirigió al del forense, que estaba esperándola o eso dijo.

—Estaba esperándote.

—Pues aquí estoy —respondió Elena.

—¿Quieres que te haga ahora la autopsia?

—Claro.

El forense le explicó que las autopsias, normalmente, las hacía en el Instituto, por la mañana, al terminar la guardia, pero la condujo a una habitación contigua donde había una camilla y un armario blanco con el instrumental indispensable para realizar pequeños reconocimientos relacionados con denuncias por malos tratos o violaciones.

—No es el lugar perfecto para una autopsia —añadió—, pero puedo sustituir la falta de equipo con oficio. Quítate la chaqueta, por favor.

Elena se desprendió, turbada, de la chaqueta que el forense extendió sobre la camilla y examinó con vehemencia centímetro a centímetro aplicando la yema de los dedos a cada irregularidad del tejido, a cada pliegue, siguiendo las cicatrices de las costuras que dibujaban el vaciado del cuerpo de la juez, su ausencia.

—Ya sabes —dijo el médico— que un buen forense debe hacer la autopsia de las ropas incluso antes que la del cuerpo. Los indicios saltan donde menos se espera. Veamos la blusa.

La juez se desprendió de la blusa como de una membrana, y en ese instante supo que acababa de completar una metamorfosis a cuyas diferentes fases había permanecido ajena. Intuyó entonces que, pese a todo, aún era dueña de un futuro misterioso en el que el hombre aquel, el médico, no tenía otra función que la de un mero tránsito. El puente para llegar de un lugar a otro de la vida.

La juez y el forense establecieron a partir de aquella noche una relación sin futuro: así lo acordaron a instancias de Elena Rincón y a él no le importó, pues mantenía que el mundo se había terminado y que ellos sólo eran el rescoldo de la realidad, sus brasas.

—En tales circunstancias —añadió con expresión mordaz—, no se me habría ocurrido pedirte que te casaras conmigo aunque estuviera soltero, que tampoco es el caso.

Se veían en hoteles de los que el forense debía ser habitual por la familiaridad con la que entraba y salía de ellos, y a veces, las menos, en casa de Elena Rincón, que defendía sus espacios privados con el mismo empeño que él ponía en violarlos. El deseo, cuando surgía, se alimentaba precisamente de la ausencia de porvenir, de la escasez de horizonte. Un día, encontrándose en la cama de un hotel cuyas habitaciones tenían espejos en el techo (lo que al forense le parecía un refinamiento admirable), la magistrada contempló el reflejo de su cuerpo y el del médico gravitando de forma absurda sobre sus cabezas y pensó que eran como dos zapatos pertenecientes a distintos pares. Acababan de practicar el sexo con escaso rendimiento, pese a los espejos, pues el forense se había revelado más hábil en la realización de las autopsias que en la ejecución del amor, y ahora permanecían con los cuerpos boca arriba, observando la columna de humo del cigarrillo del médico, que ascendía en dirección al azogue y parecía penetrarlo, como un hilo sutil que mantuviera unidos los dos mundos.

—Parecemos dos zapatos de diferentes pares —dijo Elena Rincón.

—Entonces quizá deberíamos hacerlo debajo de la cama —respondió el forense—. A lo mejor nos sale mal porque no nos encontramos en el lugar adecuado.

El médico propuso el traslado con cierta insistencia, pero Elena Rincón se negó aduciendo que había que amortizar los espejos.

—Otro día, pues —concluyó él.

—Otro día.

La imagen de dos zapatos desparejados hizo pensar a la juez en la curiosidad de que los seres humanos, siendo por su propia naturaleza unidades independientes, buscaran con desesperación una pareja que les completara, como si cada uno fuera la mitad de un conjunto. Gran parte de las desgracias que les afligían

—lo comprobaba a diario en su trabajo— provenía de esa búsqueda del par o del miedo a perderlo una vez encontrado. Se preguntó si los zapatos, debajo de la cama, soñarían en cambio con independizarse el derecho del izquierdo para constituirse en individuos diferentes, autónomos. Pero de esto no le dijo nada al forense, que tras apagar un cigarrillo y encender otro aseguró que su mujer y él encajaban bien, como dos zapatos algo toscos quizá, pero del mismo número y de calidades idénticas.

—Sin embargo —añadió—, me gusta probar hormas diferentes a mi naturaleza, lo que constituye una perversión normal en situaciones de desastre. Esa idea obsesiva que tienes tú de que ser juez no sirve para nada guarda una relación muy estrecha también con el agotamiento de la realidad, que si te fijas está ya prácticamente liquidada. Cuando las cosas existían de verdad, era sin embargo a lo más que se podía aspirar en la vida, a eso y a ser médico. Tu padre llevaba razón, aunque con un poco de retraso. Lo más probable es que no se hubiera enterado del fin del mundo. Nadie se entera.

Elena Rincón atribuía este empeño apocalíptico del forense a la necesidad de justificar sus insuficiencias venéreas. Si la realidad se había extinguido, tampoco era raro que él no diera más de sí. En cualquier caso, aun resultando tan insatisfactorios, la juez sentía que aquellos encuentros la acercaban a la vida de la que había permanecido separada durante los años de estudio. Ese progreso, junto a la intuición de hallarse al borde de algo nuevo, la mantenía en forma; si no alegre, atenta al menos a cuanto ocurría a su alrededor, fueran conversaciones o gestos, cambios de temperatura o de humor, coincidencias o discrepancias. Los años de oposición la habían dotado de una capacidad notable para concentrarse, y esa aptitud adquirida entonces la empleaba ahora en la calle, en el metro, en los juzgados, pues ignoraba de dónde podría venir la señal ni a qué hora. Muy de vez en cuando telefoneaba a su padre para comprobar que en la casa familiar todo continuaba igual, y tras escuchar durante unos segundos el murmullo de los muebles oscuros, sorprendidos por aquella invasión inesperada, volvía a colgar y regresaba al mundo.

Un día, dirigiéndose en el metro a los juzgados, atenta al zumbido de los viajeros que se comportaban dentro del vagón como moscas atrapadas en una caja de cristal, levantó los ojos del suelo y vio, sentada frente a sí, a una mujer cuyas facciones ella había soñado para sí misma en un tiempo remoto. La mujer leía un libro del que sólo levantaba los ojos para perder un instante la mirada en el vacío antes de regresar a sus páginas. Era un ángel sin alas, una diosa. No sin rubor, se imaginó con ella en la cama del hotel cuyas habitaciones tenían espejos en el techo y le pareció que las dos formaban un par. La mujer sería cinco o seis años más joven que ella, unos veintiocho le calculó la juez, considerando al mismo tiempo que en los pares de zapatos siempre había uno un poco más gastado que el otro, dependiendo de los hábitos del usuario al caminar. Todo esto se lo decía un poco en broma, para aliviar el desmedido impacto producido por la extraña, que llevaba el pelo recogido en una cola de caballo, como la propia Elena Rincón esa mañana. El calor se había adelantado proporcionando a la mayoría de los viajeros, atrapados aún en sus ropas de invierno, un aspecto menesteroso, ruin. El ángel lector llevaba en cambio una camiseta blanca y una falda muy corta, negra, apenas nada. Todo era apenas nada en ella, su cuello parecía un hilo de plata y el resto de sus accidentes corporales, dispuestos alrededor de un núcleo intangible, contradecían las leyes de la gravedad, pues más que ir sentada parecía flotar sobre el asiento. La juez intentó imaginar un suceso digestivo en el interior de aquel cuerpo sutil y dedujo en seguida que no era posible.

Los hombres, aprovechándose de su ensimismamiento, miraban a la mujer con impertinencia, lo que a la juez Rincón le pareció insoportable. En cualquier caso, ella no parecía darse cuenta de los desastres que provocaba a su alrededor. Tenía una particularidad en la mirada, tal vez un ligerísimo estrabismo, que transmitía a todo el rostro una expresión de perplejidad, de duda. Parecía que preguntaba algo a lo que nadie en aquel vagón, quizá en este mundo, podía responder.

De súbito, el tiempo, que se había descompuesto como una sustancia orgánica, dando lugar a una forma de continuidad no sujeta a la duración, recuperó su carácter horario, saturado de segundos, cuando la diosa se levantó y abandonó el tren en Gregorio Marañón con la agilidad de una libélula.

Ese día no fue para Elena Rincón sino una cápsula en la que estuvo viajando hacia la jornada siguiente con una lentitud descorazonadora. Llegó agotada por la noche a su casa de juez, pues la había amueblado cuando aún creía que la magistratura era el muelle real de la existencia, su motor. De hecho, vivía en Fuencarral, a la altura de Tribunal, lo que ahora le parecía una ironía, y las habitaciones estaban equipadas con muebles oscuros y vestidas con enormes cortinas cuyos pliegues evocaban una forma de nobleza extinguida. También tenía una chimenea falsa, de madera y con puertas, en cuyo interior permanecía oculto un televisor que no había querido colocar a la vista. Un día, después de que levantara el cadáver de una mujer que llevaba un año muerta en su cuarto de estar, frente al televisor todavía encendido, llegó a su casa de juez, prendió el suyo, le quitó el color y el volumen y cerró las puertas de la chimenea, abandonando el aparato a una emisión continua de cenizas. En cierto modo, se trataba de crear una situación inversa a la padecida por aquella mujer de cuya autopsia se deducirían telediarios, concursos y restos de anuncios sin digerir, en confuso desorden. Desde entonces, siempre que atravesaba el salón de la vivienda y contemplaba una raya de luz inquieta por debajo de la puerta de la chimenea, se decía que allí dentro ardía, en blanco y negro, la realidad, o sus brasas, pues quizá el mundo, como afirmaba el forense, estaba en trance de extinción.

Aquella noche, pues, se recluyó en el despacho de juez habilitado en una de las habitaciones de su casa, e intentó comprender la red del metro sobre un plano. Ella lo tomaba en Tribunal y desde allí iba directa hasta Plaza de Castilla, donde estaban los juzgados. Quizá la mujer que leía había entrado en Tribunal también, no había forma de saberlo. En cualquier caso, se bajó en Gregorio Marañón. La juez apenas conocía Madrid. Ignoraba a qué clase de calle se podía salir desde la boca del metro de Gregorio Marañón, pero si en ella se había bajado la mujer del libro, tenía que ser, pensó, una gran avenida con árboles y estatuas y lujosos hoteles ocupados por gente no menesterosa ni perversa.

Claro, que podría haber conectado también en Gregorio Marañón con la línea 7 e ir hasta Guzmán el Bueno, por ejemplo, o hasta la Avenida de América, donde a su vez aparecían nuevas posibilidades de trasbordo, de pérdida. El plano le pareció entonces una red dispuesta para el desencuentro. Había algo diabólico en la posibilidad de que alguien se cruzara con su doble en los túneles sin tropezar con él por unos segundos de diferencia, o por haber tomado el tren anterior, o quizá el siguiente. La juez era metódica. Siempre entraba en el primer vagón, y a la misma hora, de manera invariable. No podía estar segura de que la mujer que leía fuera tan ordenada, quizá las diosas no necesitaran serlo, pero tenía que confiar en ello si quería conservar la esperanza de verla de nuevo. Se imaginó cambiando de vagón todos los días, probando suerte cinco minutos antes o cuatro después para provocar un encuentro que quizá, de todos modos, no llegara a producirse, y sintió por sí misma una piedad anticipada que le hizo daño. Entonces, al verse sobre el plano de Madrid calculando las posibilidades infinitas de extravío que proporcionaban sus galerías, temió haber comenzado a enloquecer. Ella misma había instruido más de un sumario cuyos protagonistas eran personas de apariencia normal que una noche se quedaban sin dormir por culpa de una idea obsesiva, y al alcanzar la madrugada algo se derrumbaba en su interior, sin ruido, y comenzaban a caer.

Telefoneó a su padre desde su casa de juez y cuando saltó el contestador tapó el auricular con una mano y volvió a recordar la letanía del forense respecto al fin de los tiempos. El mundo para el que había sido preparada se había terminado, de acuerdo, pero también era verdad que desde que viera a la mujer del metro había llegado para ella la hora de la resurrección de los muertos. ¿Sería capaz de entender todo esto el difunto? Pensó que no y colgó desalentada el auricular, como solía hacer siempre tras el primer impulso de enviarle noticias de su vida. Luego se dirigió al salón recorriendo con lentitud las habitaciones de su casa de juez y se sentó en el sofá de juez, delante de la chimenea de juez cerrada en cuyo interior, esa noche, ardía la realidad como una zarza.

Al día siguiente, la magistrada actuó con la precisión de una autómata para reproducir los hechos de la jornada anterior con tal exactitud que de su encadenamiento se desprendiera como una consecuencia lógica la aparición, en el metro, de la mujer que leía. A la hora de siempre fingió que se despertaba, pues no había dormido, y se vistió y salió a la calle en el mismo instante en el que lo hacía todas las mañanas. Y aunque notaba dentro de su cabeza la presencia de un engranaje loco que tendía a acelerar los movimientos como si el tiempo fuera por ello a discurrir más deprisa, consiguió dominarse y se dejó tragar por la boca del metro con la indiferencia aparente de una jornada cualquiera, coincidiendo con muchos de los rostros habituales a esa hora.

Ya en el andén, y aunque tuvo la tentación de examinar los alrededores, por si se le apareciera el ángel allí mismo, se impuso la disciplina de mirar al suelo, quizá también para retrasar la decepción, el desengaño. Vio un pez muerto, del tamaño de una navaja de bolsillo, que empujó caritativamente a las vías con la punta del zapato mientras pensaba que en todas partes aparecían señas del diluvio, en este caso de un diluvio inverso. Pero una vez que las puertas del primer vagón se separaron, accedió a él con la mirada alta y se trasladó ansiosa de un extremo a otro abriéndose paso entre los cuerpos menesterosos. De súbito, cuando había comenzado a desfallecer, se le manifestó la diosa. Iba de pie esta vez, cogida a la barra con la mano izquierda y sosteniendo en la derecha el libro abierto cuya lectura continuaba con idéntico grado de ensimismamiento al del día anterior. No se había cambiado de ropa, pero daba la impresión de estrenarla. Elena Rincón se puso tan cerca de ella como le fue posible, procurando no resultar indiscreta, y leyó por encima de su hombro, de manera mecánica, el título y algunas líneas del libro que llevaba abierto mientras olía su pelo, su cuello y tomaba nota de la delicadeza de su morfología. Su proximidad abrasaba el entendimiento, reducía a cenizas todo cuanto hasta ese momento hubiera podido tener algún valor, no había arca con la que ponerse a salvo de semejante naufragio. Cuando el tren se detuvo en Gregorio Marañón, sólo dos paradas más allá, pero casi una existencia entera desde el punto de vista de la doliente Elena, la mujer desapareció habiendo dedicado tres miradas al vacío y un gesto de curiosidad a la juez, que sobrevivió a él de forma inexplicable. Luego, al examinar las lesiones producidas por la separación, se quedó espantada ante la magnitud del daño, pues advirtió que estaba rota por la mitad, como un guante sin pareja en un estuche.

De este modo, arrastrándose con lo que le quedaba de sí misma, como un cangrejo partido por el medio, atravesó el día y la noche con todos y cada uno de sus minutos, sin que se le concediera la gracia del olvido, del sueño, durante un solo instante.

Pero los dos días siguientes la diosa no se manifestó. La juez, que había oído hablar de experiencias extracorporales padecidas en situaciones límite, se veía ir de un extremo a otro de la vida, de un lado a otro de la casa, con el alma arrastrándose a cuatro pasos de sí, unidos el cuerpo y ella por un hilo finísimo que más de una vez estuvo a punto de cortar para que cesara el sufrimiento. Finalmente, al tercer día decidió bajar al metro y recorrerlo todo. Quizá la diosa viviera en aquellos dominios y la encontrara en uno de sus numerosos penetrales. Provista, pues, del plano con el que unos días antes había intentado comprender la lógica de los túneles, descendió a ellos, a los túneles, y durante otros dos días aún, robando el tiempo a los

sumarios, los recorrió como una hormiga ena-
jenada, loca, que lejos de seguir las pautas del
resto de las hormigas que entraban y salían or-
denadamente de los agujeros practicados en la
superficie de las calles, trasbordaba a ciegas y a
ciegas recorría las galerías mal iluminadas, observando el rostro de todas las mujeres, en especial de aquellas que llevaban un libro. Pensaba
que quizá en aquel mundo subterráneo hubiera
celdas habilitadas para las hormigas soberanas,
como en los hormigueros de verdad, y que en
una de ellas reinaría la mujer que leía. Pero si
las había no dio con ellas en ninguna de las líneas que fue capaz de recorrer arrastrando a ratos el alma con el cuerpo y otras veces el cuerpo con el alma. Se iban turnando el cuerpo y
el alma y no habría sabido decir cuál de las dos
partes de sí pesaba más, o dolía menos, debido
a aquella suerte de incompletud a la que había
sido arrojada por la desaparición de la mujer
que leía.

Al día siguiente tenía guardia. No podría abandonar el juzgado en toda la jornada
más que para levantar cadáveres, quizá el suyo
el primero. Desfallecida, salió desde los túneles a la calle, para morir al menos a la luz del
día, y cuando se dirigía a una cabina telefónica
para dejar un mensaje de despedida a su padre
muerto, vio delante de sí una librería. Una li-

brería. Entonces, como en una iluminación, le vino a la memoria el título del libro que llevaba en el metro la mujer que leía, *No mires debajo de la cama.*

Con el corazón en la garganta, entró, preguntó por él y se lo sirvieron al instante. El libro no podía sustituir a la diosa, pero Elena Rincón comprobó al salir con él del establecimiento que tenía la calidad de una prótesis, pues su tacto aliviaba la sensación de encontrarse amputada, rota, en ausencia del ángel. Se encerró, pues, con él en su casa de juez, durmió abrazada a él, aún sin leerlo, y al día siguiente se lo llevó al trabajo, se encerró con él en el despacho del juzgado de guardia, y lo abrió como abriendo las puertas a otra dimensión, dispuesta a perderse entre sus párrafos con el mismo delirio con el que había recorrido los túneles de la ciudad en busca de la mitad de sí. Cuando apenas había comenzado a saborear las páginas de cortesía, el forense asomó la cabeza y le dijo que volvían a coincidir.

—También yo estoy de guardia. Si quieres, luego te hago una autopsia.

—Hoy no —respondió la juez, y se dejó caer en el interior del libro como en el interior del metro, impaciente por coincidir con la mujer en una de sus páginas.

Dos

El zapato derecho de Vicente Holgado devoró de golpe un calcetín y se relamió con la lengüeta, dejando escapar un gemido de placer. El izquierdo succionó el suyo poco a poco, como si disfrutara con los movimientos de desesperación de la prenda al intentar desasirse. La luz imprecisa de la luna rebotaba en el suelo del dormitorio y penetraba en el espejo del armario desencadenando hogueras espectrales en las entrañas del azogue. Los zapatos de Vicente Holgado eran negros, un poco puntiagudos, de cordones. Desde debajo de la cama observaron el resplandor procedente del espejo y permanecieron absortos, sin tomar ninguna determinación. Se habían quedado con hambre, pero no vieron ningún otro calcetín por los alrededores.

Debajo de la cama había también un par de zapatos de mujer, marrones, con un poco de tacón y escote en pico. Como eran los mismos desde hacía varias noches, a los de Vicente Holgado les pareció llegado el momento de cumplimentarlos, de modo que se acerca-

ron a ellos y les invitaron a conocer el resto de
la casa, a lo que accedieron sin entusiasmo, como si les diera pereza moverse o tuvieran que
luchar para hacerlo con un déficit biológico
fuera de lo común.

En realidad, una vez alcanzado el pasillo, se dirigieron sin rodeos al cuarto de baño,
donde el par anfitrión deambuló por los alrededores del bidé hasta detectar una cucaracha
que aplastó el derecho. Los zapatos de mujer
no dijeron nada, pero adoptaron detrás de la
puerta el ensimismamiento característico de los
objetos inanimados, lo que quizá podía percibirse como un vago modo de censura.

Pasado un rato sin que aparecieran otros
insectos, los zapatos de Vicente Holgado propusieron a los de mujer ir a la cocina, donde
solían reunirse algunas noches con unas viejas
zapatillas de andar por casa, y un par de deportivas del piso de abajo, muy ágiles, que se
las arreglaban para trepar por las tuberías del
patio interior y entrar en la vivienda por la celosía del tendedero.

Tras las presentaciones, las deportivas
propusieron que todos mostraran sus suelas
para que los otros adivinaran dónde había
pasado el día cada par, pero los zapatos de Vicente Holgado, que normalmente eran los primeros en enseñarlas, dijeron que estaban har-

tos de ese juego. Entonces se oyó un roce en la celosía y vieron entrar a un zapato negro, tipo mocasín, dando saltos en dirección al grupo, como a la pata coja. Era el correspondiente al pie izquierdo de un cuerpo sin duda bastante corpulento, y su piel estaba tan dada de sí que resultaba imposible apreciarle las costuras. Los zapatos de Vicente Holgado lo reconocieron de inmediato, pues coincidían con él en el ascensor por las mañanas y siempre sentían un movimiento de aprensión ante aquella presencia impar que ahora fue percibida por el grupo como un miembro amputado. En cierto modo era así: Procedía del piso colindante, y pertenecía a un hombre al que le faltaba un pie. Las zapatillas viejas quisieron saber cómo se había enterado de aquellas reuniones.

—Se lo oí comentar a dos calcetines de lana cuando estaban tendidos, mientras yo me aireaba en la terraza de la cocina —dijo—. Pero creí que no sería capaz de llegar sin caerme; la cornisa es muy estrecha.

Los zapatos de Vicente Holgado sospechaban desde hacía tiempo que los calcetines se pasaban información unos a otros acerca de las actividades de los zapatos, pero no dijeron nada, pues eran poco espontáneos y preferían pensar las cosas antes de hablar o tomar decisiones. El zapato impar, por su parte, resultó muy locuaz y le dejaron desahogarse. Su dueño había perdido el pie derecho en un accidente laboral condenándole a él y al resto del calzado de la casa a aquella suerte de viudez que sobrellevaba con pesadumbre.

—¿Qué fue del otro zapato? —preguntaron las zapatillas deportivas.

—Lo enterraron con el pie amputado, a modo de mortaja, y desde entonces, me siento dividido, fragmentado, incompleto. Antes parecíamos dos, como cualquiera de vosotros, pero éramos uno, porque ahora que parezco uno sé que soy medio.

Todos estuvieron de acuerdo en que cada par de zapatos, aun estando compuesto por dos unidades en apariencia autónomas, formaba un solo cuerpo, de manera que la desaparición de uno de ellos constituía una mutilación. Los de Vicente Holgado, que habían tenido cada uno fantasías individuales de independencia respecto al otro, no quisieron contradecir el sentimiento general, pero trataron de encontrar ventajas a la coyuntura:

—Todo no puede ser malo. Seguramente habrás ganado en agilidad.

—No hay nada que compense este sentimiento de privación continuo. Además, hay algo peor...

Como se resistiera a contarlo, los zapatos de mujer le animaron a continuar, apoyados con vehemencia por las deportivas y con resignación por las de cuadros.

—Está bien —concedió el mocasín viudo—, lo más duro de soportar no es mi dolor, sino el de mi pareja, un dolor que llega desde la lejanía como un daño remoto que no hay manera de aliviar. Creo que podría soportar el padecimiento propio: es el desgarro de mi gemelo ausente el que más duele.

Todo el grupo quedó un poco sobrecogido por esta muestra de aflicción, de modo que los zapatos de mujer intervinieron en seguida para aliviar la severidad del silencio que oscureció la reunión como una tormenta inexplicable.

—¿Y no has intentado formar pareja con los otros zapatos impares de la casa?

—Sí, pero no hay nada más ridículo que dos zapatos izquierdos tratando de parecer un conjunto único, con las punteras disparadas hacia fuera. En mi vivienda hay dos zapatillas de andar por casa, una de fieltro y otra de piel, que van juntas con frecuencia, como si formaran un par, pero resultan más patéticas que los que hemos aceptado permanecer solos con dignidad. Además, soy el único mocasín de la casa: los demás zapatos son de cordones y aunque no tenemos nada los unos contra los otros, las diferencias se hacen más patentes cuando estamos juntos.

Los zapatos de Vicente Holgado, que eran de cordones, se sintieron algo incómodos por este comentario y movieron la puntera hacia arriba y abajo, en actitud nerviosa. De nuevo, fueron los zapatos de mujer quienes se encargaron de aliviar la tensión relatando que cierta vez, cuando aún no habían salido de la tienda, el dependiente, después de unas pruebas, los metió por equivocación en cajas separadas, haciéndoles formar pareja con un número menor, el 35 (ellos eran del 36), y aunque intentaron adaptarse, pues la diferencia no era tan apreciable, estuvieron muy abatidos los dos pares hasta que en el establecimiento advirtieron el error y las parejas volvieron a encontrarse.

A los zapatos de Vicente Holgado les pareció una historia blanda. Alguna vez habían tenido también la fantasía de cambiar de pareja, incluso de convivir con un número mayor o menor, y no les parecía que fuera tan malo. En general, discrepaban del resto de los zapatos en esa visión sentimental de la existencia. De hecho, Vicente Holgado tenía dos pares de mocasines con los que los de cordones no guardaban prácticamente relación porque eran también muy emotivos. Las zapatillas de cuadros viejas, por su parte, aseguraron que en su larga vida no habían conocido a ninguna otra criatura cuyo modo de ser una exigiera este desdoblamiento en dos, excepto los calcetines, que sin embargo disfrutaban siendo confundidos y enrollados con parejas que no les correspondían.

—¿Y los guantes? —preguntaron los zapatos de Vicente Holgado.

—Nunca oímos hablar entre sí a dos pares de guantes —respondieron—. No estamos seguras de que tengan conciencia, pese a ser tan profundos.

—¿Es posible, pues —preguntaron a su vez las deportivas—, que haya criaturas que sean dos bajo la apariencia de ser una?

—No lo sabemos.

—¿Y qué me decís de los pies? —preguntó el zapato viudo—. ¿Son uno o dos?

—Son dos —afirmaron los zapatos de Vicente Holgado sin que nadie se atreviera a contradecirles.

La reunión se enfrió un poco después de este intercambio existencial tan riguroso y las zapatillas deportivas propusieron salir al tendedero, donde estaba el cesto de la ropa sucia, en busca de unos calcetines que llevarse a la boca. Todos asintieron y tras atravesar el tabique de separación entre una zona y otra a través de un respiradero sin rejilla del gas, encontraron un par de calcetines de hilo, marrones, y otro de lana blanca, deportivos. El mocasín impar prefirió tomar unos calzoncillos, lo que fue recibido como una rareza inusual por el grupo, quizá como una perversión. Las zapatillas viejas aseguraron no querer nada y los zapatos de mujer dijeron que sólo comían bragas de encaje o pantys de nylon, pero les encontraron dos calcetines largos, tipo ejecutivo, muy finos, con los que se conformaron para no resultar groseros. Con las prendas colgando de la boca, regresaron todos a la cocina y allí las fueron sorbiendo poco a poco. Cuando comenzaba a amanecer, las deportivas se ofrecieron a ayudar al zapato impar a atravesar la cornisa para regresar a su casa y éste aceptó con un tono de gratitud lastimero que a los zapatos de Vicente Holgado les pareció indecente.

Durante las noches siguientes, los zapatos de mujer volvieron a presentarse debajo de la cama. Los de Vicente Holgado intimaron con ellos protegidos por el somier y advirtieron que se trataba de un calzado con ideas propias, pues no lograron su adhesión al vicio de matar cucarachas, aunque acudían con gusto a las reuniones de la cocina.

Un día volvió a aparecer el mocasín viudo y la conversación giró de nuevo en torno a la existencia. Hablaron de las ventajas de ser unos zapatos muy usados frente a aquellos otros que permanecían meses en los armarios sin sentir el calor de un pie en el forro. Todos estuvieron de acuerdo en que la vida estaba más vacía sin pie. De hecho, las zapatillas de cuadros habían oído hablar de una cosa llamada horma, que venía a ser un pie artificial: no daba calor, pero llenaba el hueco del que estaban constituidos y reducían la ansiedad característica de los vacíos prolongados.

—Es que el pie es el alma de los zapatos —dijeron los de mujer a modo de conclusión.

—Más que eso —añadieron las deportivas—, el pie es el dios de los zapatos.

—Es el alma —insistieron los de mujer—, de ahí que por la noche se separen del cuerpo, que somos nosotros, y vaguen por los terrenos lechosos de las sábanas. Pero aun estando separados de los pies, como ahora mismo, hay un cordón invisible que nos une a ellos.

—El hilo de plata —señalaron las zapatillas viejas.

—Si algún consuelo tengo en mi situación, es el de saber que mi zapato derecho está ocupado por el pie amputado. No hay nada más triste que un zapato vacío —añadió el mocasín impar.

Los zapatos de Vicente Holgado escuchaban todo aquello con reservas y expresaron sus cautelas respecto a la espiritualidad de los pies: les costaba atribuir virtudes metafísicas a aquellas formaciones tan extrañas, dotadas de durezas y dedos.

—Una vez que se ha probado el calor de los pies, ya no se puede prescindir de él —aseguraron los zapatos de mujer—, sobre todo si se ha tenido la fortuna, como en nuestro caso, de sentirlos de forma directa, sin el filtro del calcetín o de las medias.

Las zapatillas deportivas estuvieron de acuerdo en que los calcetines ponían una distancia excesiva respecto al pie. Las de andar por casa no añadieron nada: de vez en cuando caían en la condición de cosas y regresaban de ella sin que fuera posible averiguar la pauta que les llevaba de uno a otro estado.

—En todos los armarios del mundo —expusieron los zapatos de Vicente Holgado con una irritación manifiesta— hay pares de zapatos que apenas se usan y no por eso dejan de tener sentido.

—Naturalmente, como que hay más cuerpos que almas —dijeron los zapatos de mujer.

—Las almas pueden estrenar varios pares de zapatos a lo largo de su vida, pero los zapatos sólo toleramos ser ocupados por un par de pies —aseguraron las deportivas—. Nosotras conocimos en nuestra propia casa los zapatos de un muerto. Anduvieron dando tumbos por los armarios durante meses hasta que se los llevaron y no volvimos a saber nada de ellos. Echaban mucho de menos a los pies y, sin embargo, la sola idea de que se les metieran dentro otros distintos a los que habían expirado les hacía temblar de horror.

—¡Qué asco! —dijeron los de mujer—. A nosotros se nos meten dentro unos pies que no sean los nuestros y nos morimos.

—¿Qué diferencia hay entre unos pies y otros? —preguntaron los de Vicente Holgado en tono escéptico.

—No te la sabríamos explicar, pero eso no quita para que la idea nos parezca repugnante.

A los zapatos de Vicente Holgado les gustaba y les desagradaba a la vez el modo en que los zapatos de tacón defendían sus convicciones. El zapato viudo intervino a continuación diciendo que en cierta ocasión había conocido los zapatos de un muerto que habían pasado a otros pies cuyo sudor no era potable.

—Todos los sudores son potables, por favor —afirmaron los de Vicente Holgado con irritación.

—Por lo visto, no —añadió el zapato viudo.

Los zapatos de Vicente Holgado trataban de comprender el sentido de la conversación sin lograrlo. Les dolía aquella conciencia que tenían de sí mismos y se enviaban de la oquedad izquierda a la derecha señales de interrogación. Por otra parte se sentían desde hacía algún tiempo divididos hasta el punto de que habían llegado a conversar entre sí, no en forma de monólogo, como era normal en cada par, sino de diálogo: se estaban transformando en dos de un modo que les gustaba y les asustaba al mismo tiempo.

En esto, se oyeron unos ruidos procedentes del dormitorio y durante unos segundos todos los zapatos regresaron a su condición de cosa sin esfuerzo alguno. Pasado el peligro, habló el mocasín viudo. Dijo que en realidad había entrado en contacto con ellos para pedirles que le ayudaran a rescatar a su otra mitad.

—Sé ir andando al cementerio donde está enterrado el pie —dijo—, pero no creo que pueda hacerlo solo teniendo en cuenta que no soy más que la mitad de uno.

—A nosotras nos gustaría ayudarte —dijeron las zapatillas de cuadros abandonando de súbito su condición inerte—, pero somos de andar por casa. No estamos preparadas para la calle.

—Nosotros —añadieron los zapatos de mujer— no estamos acostumbrados a recorrer grandes distancias con estos tacones. Por otra parte, la verdad, llevamos poco tiempo en esta casa y no conocemos bien la zona. Nos da miedo perdernos por la calle. Además, nunca hemos visto un pie muerto y la idea no nos agrada. Sinceramente, no creo que podamos ayudarte.

Las más animosas fueron las deportivas. También sabían dónde se encontraba el cementerio, pues sus pies corrían por los alrededores con alguna frecuencia.

—Podemos llegar en dos patadas —aseguraron.

Los zapatos de Vicente Holgado sentían una repugnancia instintiva por el mocasín viudo, pero se ofrecieron a acompañarle también para quedar bien delante de los zapatos de mujer. No obstante, después de tomar la decisión, y presas de una rabia que no encontró otra forma de salida, dieron un par de pisotones a las zapatillas viejas, que huyendo de ellos a la carrera salieron de la cocina, atravesaron el pasillo, y fueron a refugiarse en el cuarto de baño, tras el pie del lavabo, en un hueco en el que a los zapatos de Vicente Holgado les faltaba flexibilidad para entrar. Cuando éstos regresaron a la cocina, los zapatos de mujer les reprocharon ese modo de relacionarse con las zapatillas.

—Siempre las hemos pisoteado —dijeron ellos—, como a las cucarachas.

—Porque no conocéis otra manera de comunicaros. Y eso que tenéis lengüeta —dijeron de un modo que les produjo una turbación desconocida y en cierto modo incómoda.

Las deportivas intervinieron para que la discusión no fuera a más y quedaron en verse a la noche siguiente para iniciar la expedición en busca de la otra mitad del mocasín. Después, como todavía quedara un buen rato para que amaneciera, se trasladaron todos al tendedero y buscaron calcetines entre la ropa sucia. El mocasín viudo volvió a tragarse unos calzoncillos

frente al estupor de los presentes. Al poco, aparecieron también las zapatillas de cuadros que
se incorporaron al festín con movimientos cau-
telosos, por si tuvieran que huir de nuevo de la
furia de los zapatos de Vicente Holgado, que
esta vez no les hicieron nada.

La noche siguiente volvieron a encontrarse en la cocina y tras discutir algunos detalles relacionados con la expedición, salieron todos al tendedero detrás de las zapatillas deportivas, quienes indicaron a los zapatos de Vicente Holgado y al mocasín viudo el recorrido más seguro para alcanzar sin problemas el suelo del patio interior. Se encontraban en un tercer piso, pero había cornisas, además de tuberías y cables que facilitarían el descenso. Fueron despedidos desde la pequeña terraza por los zapatos de mujer y las zapatillas de cuadros, que no parecían guardar ningún rencor a los zapatos de Vicente Holgado. Al contrario, les recomendaron que tomaran toda clase de precauciones para no extraviarse y regresar antes del amanecer. La actitud, por humillante, sorprendió a los zapatos de mujer, que cuando estaban a punto de reprocharles esta actitud servil, vieron cómo las zapatillas viejas se retiraban hacia el interior, cosificándose junto a la lavadora sin que hubiera forma de arrancarlas de esa condición. Entonces, ellos regresaron al dormitorio, y tras in-

troducirse debajo de la cama, adquirieron también la naturaleza oscura de los objetos.

La expedición, entre tanto, había alcanzado el suelo del patio interior, y cuando sus
integrantes consideraban con desánimo el pro-
pósito de regresar a la vivienda al no encontrar
ninguna salida a la calle, vieron a una rata perderse por un tubo en forma de desagüe y la si-
guieron. Delante iba el mocasín viudo, después
las deportivas, cuyos bordes se atascaban en las
irregularidades del tubo, y, cerrando el desfile,
los zapatos de Vicente Holgado, que se habían
quedado admirados por la agilidad y autonomía de aquella forma animal cuyo tamaño era
aproximadamente el de uno de ellos.

Al fin, tras superar un par de tramos donde el desagüe giraba con alguna brusquedad, po-
niendo en apuros a las deportivas, cuyo volumen
resultaba excesivo para aquellos ámbitos, salieron a una calle estrecha, donde se detuvieron
unos instantes para comentar las incidencias
anteriores y decidir el rumbo a tomar. El mocasín, que insistía en conocer el camino, continuó
delante, a la pata coja, seguido por las deportivas. Cerraban, pues, el cortejo los zapatos de
Vicente Holgado, que se desplazaban de forma alternativa, como impulsados por unas piernas invisibles. Habían intentado actuar cada
uno por su cuenta, imitando los movimientos

de la rata, pero no estaban dotados de esa clase de autonomía: parecían condenados a formar un solo cuerpo, aunque no les abandonaba la ambición de ser dos.

La luz de las farolas, más que abolir la oscuridad, la horadaba debido a la densidad de la niebla, que otorgaba al aire la consistencia de una gasa sombría. Procuraban avanzar pegados a la fachada, para confundirse con ella en caso de peligro, aunque el silencio era total y sólo de vez en cuando llegaba hasta ellos el ruido de algún coche lejano. En las esquinas, se detenían siempre unos instantes, en actitud de acoso, y cruzaban las calles con mil precauciones para no ser sorprendidos por los faros de los escasos automóviles. Cuando esto sucedía, se quedaban paralizados, regresando a la condición inerte, estado del que emergían luego como de un vacío incomprensible que proporcionaba a los zapatos de Vicente Holgado un mal sabor de boca, además de un rencor sin salida que procuraban aliviar con la fantasía de un futuro donde no se dieran estas situaciones de pérdida que no podían controlar.

El mocasín viudo y las deportivas, en cambio, no parecían plantearse estos problemas existenciales y tomaban las ausencias de sí mismos como algo normal, inherente a su naturaleza. De ahí quizá que resultaran también

más eficaces que los zapatos de Vicente Holgado, entregados permanentemente a la duda y a
la investigación, pero también al desenfreno,
pues cada poco se detenían junto a los cubos
de basura, en cuyos alrededores se daba una
afluencia inusual de cucarachas, para pisotear
tres o cuatro antes de continuar. Su sueño era
encontrarse otra vez con una rata, pues intuían
que era la forma viva más cercana a su naturaleza y hacia la que debían tender como horizonte moral. No fue el único descubrimiento
de la noche: en un momento dado, por ejemplo, encontrándose detenidos junto a la rueda
de un automóvil, mientras el mocasín viudo y
las deportivas discutían sobre el camino a seguir, rozaron con su empeine el neumático y
percibieron un aliento de familiaridad procedente de la goma. Su suela, aunque menos ru-
gosa y más delgada, era de un material parecido:
quizá tuvieran un origen común. Intentaron
hablar al neumático, comunicarse con él, pero
éste debía de estar dotado de una conciencia
infinitesimal, pues les devolvía unas señales tan
débiles que muy bien podían haber sido producto de la imaginación de los zapatos de Vicente Holgado más que de una actividad real
de la rueda.

Finalmente, llegaron a la verja del cementerio y el mocasín, que hasta el momento

había conservado la calma, perdió los nervios al sentirse tan cerca de su pareja, y tuvo que ser sustituido por las deportivas en el gobierno de la expedición. La puerta estaba cerrada y la pared tenía muy pocas irregularidades que permitieran trepar por ella, pero al rodear la instalación descubrieron una zona donde la tapia estaba rota y se colaron por una grieta ancha. En seguida, tras sortear un conjunto de cascotes sobre los que las deportivas se movieron con una naturalidad envidiable, entraron en el recinto mortuorio saltando sobre un grupo de tumbas, y se detuvieron encima de una lápida para reagruparse y tomar fuerzas. La oscuridad era absoluta, pues las farolas de la calle quedaban lejos y el cementerio carecía de luz propia.

—¿Y ahora cómo sabemos dónde está el pie? —preguntaron con tono de fastidio los zapatos de Vicente Holgado.

—Yo lo sé —dijo el mocasín alterado—. Ya empiezo a sentirme más completo. Venid por aquí.

En efecto, trotando de nuevo a la pata coja, los guió por entre unos callejones cuyas diferencias no habría podido advertir ninguno de ellos y llegaron a una tumba pequeña, sin lápida, aunque cubierta por unos ladrillos de rasilla. El mocasín se colocó encima y sollozó.

—Está vivo —dijo—. Gime a la vez que yo.

Los zapatos de Vicente Holgado se preguntaron cómo habría podido morir la mitad de uno y seguir viva la otra parte, aunque habían oído hablar de un mal, la hemiplejia, caracterizado precisamente por este síndrome. Pero ya no quedaba tiempo para la reflexión. El mocasín saltaba sobre el ladrillo desesperadamente intentando quebrarlo para reunirse con su otra mitad. El escándalo puso en movimiento a una forma oscura que huyó por entre los zapatos de Vicente Holgado: una rata. Las deportivas se acercaron al mocasín y le dieron una patada que le hizo rodar por el suelo. Cuando se detuvo, parecía más calmado.

—Vamos a pensar —dijeron con expresión grave.

Los de Vicente Holgado se dieron cuenta de que aquella actitud de poner orden les habría correspondido a ellos, que tenían un aspecto más severo que las deportivas, pero no podían dejar de pensar en la rata, lo que les hacía descuidar sus responsabilidades. Las deportivas examinaron detenidamente la tumba y, una vez localizada la zona más frágil, la derecha dio un par de golpes muy precisos con el talón, produciendo un par de grietas en la pared de ladrillo. Al rato, habían abierto un hueco por el que el mocasín se coló sin pedir permiso. Las deportivas continuaron no obstante su trabajo de demolición y en seguida quedó la tumba al descubierto. La niebla se había despegado del suelo dejando ver una luna encendida a medias cuya luz resbalaba sobre las lápidas como una gasa fina.

Al otro lado del ladrillo había una caja medio podrida, alrededor de la que el mocasín bailó buscando una hendidura, aunque fueron de nuevo las deportivas quienes con un golpe certero convirtieron la caja corrompida en un conjunto de polvo. Entonces, apareció una pierna momificada, negra, calzada con un mocasín en avanzado estado de descomposición. Los zapatos de Vicente Holgado, que comenzaban a avergonzarse de su pasividad, se acercaron al cadáver y tomaron la iniciativa de descalzarlo ayudados por las deportivas. El zapato se encontraba tan descompuesto que bastaba con tocarlo para que se deshiciera, igual que la caja en la que había permanecido enterrado con la pierna. El mocasín viudo permanecía a medio metro paralizado por el terror, o quizá por la dicha. Su compañero, una vez liberado del pie muerto, se volvió a todos con su aspecto sarnoso y dio un aullido de dolor.

—¿Pero qué habéis hecho? —preguntó.

De súbito, todos comprendieron que aquel zapato corrompido no deseaba ser liberado. Había pasado tantos meses ocupado de día y de noche por un pie, que ya no podía vivir un instante sin él. Los de Vicente Holgado habían oído hablar de esa adicción espantosa al pie, adquirida por algunos zapatos que atravesaban largos períodos de su existencia sin vaciarse un solo minuto, pero creían que se trataba de una leyenda hasta la contemplación de aquel espectáculo que les llenó de espanto. Los ayes del zapato sarnoso eran tan desgarradores que su propio compañero pidió que le restituyeran el pie momificado. Con las prisas, volvieron a desprenderse algunas de sus partes y al finalizar la operación, el dedo gordo del pie asomaba por un agujero abierto en la puntera y el talón colgaba medio desprendido del conjunto, pero el zapato podrido había alcanzado la paz, como el enfermo tras la ingestión de un estupefaciente.

Los zapatos de Vicente Holgado, en medio de toda aquella actividad, advirtieron, cada uno por su cuenta, que no era un disparate aspirar a ser autónomo respecto al otro.

—Pero fíjate a qué precio —le dijo el derecho al izquierdo telepáticamente. Y también era la primera vez que podían hablarse de ese modo, como si fueran dos.

—No importa el precio —respondió el derecho— cuando lo que se adquiere es la individualidad. Yo daría la vida por ser un individuo completo cuya frontera coincidiera con mis límites y no con los tuyos, como ahora.

Los pensamientos fluían del zapato izquierdo al derecho con una naturalidad sorprendente que no dejaba de asustarles también, pues se trataba de la primera vez en la que la ambición de ser dos coincidía con la experiencia de estar divididos, aunque sus movimientos físicos continuaran acompasados bajo una dirección única.

Las zapatillas deportivas los sacaron de su ensimismamiento.

—Tenemos que irnos, no tardará en amanecer.

—¿Y qué hacemos con éste? —preguntaron señalando al mocasín viudo, que permanecía abatido junto a la pierna momificada, intentando adoptar una postura simétrica a la de su compañero.

—Intentaremos arrastrarle.

Las deportivas se acercaron al mocasín impar y colocada cada una de ellas a un costado de él lo remolcaron con una fuerza sorprendente hasta donde se encontraban los zapatos de Vicente Holgado.

—Nos tenemos que ir —dijeron éstos—. Tú puedes hacer lo que quieras, desde luego, pero nos parece una estupidez que permanezcas al lado de alguien que ni siquiera te ha reconocido. Ahora ya no sois un par, sino dos zapatos como has podido comprobar.

—Somos uno —gimió con obstinación el mocasín impar.

—Sois dos, ya lo has visto, aunque si quieres vivir con esa ilusión junto a un zapato podrido, por nosotros no hay problema. A lo mejor te contagia la sarna, o lo que haya cogido en esta atmósfera tan insalubre, y dentro de dos meses sois iguales. Pero toma la decisión ahora, pues nosotros no podemos esperarte más.

El mocasín impar dudó unos instantes y finalmente decidió regresar con el grupo no sin antes lanzar a su compañero un adiós que resultó retórico, aunque pretendía ser desgarrador. Los zapatos de Vicente Holgado comprendieron que también éste, pese a sus muestras de dolor, se había convertido en un individuo único, independiente de la pareja descompuesta y se felicitaron por ello.

Al volver, justo antes de salir a la calle por la zona por donde la tapia del cementerio estaba rota, oyeron unos pasos fuertes, como de botas militares, y se escondieron todos entre los cascotes, sin perder la conciencia ni re-

gresar a su estado inerte. Mientras permanecían
en esta actitud, el zapato derecho de Vicente
Holgado se sintió de súbito lleno de algo parecido a un pie, aunque mucho más suave y flexible. De súbito, comprendió que había sido
invadido por una rata y una dicha sin límites
recorrió todo su cuerpo, desde el talón al extremo de la puntera, donde sentía el hocico del
animal alcanzando sus rincones más íntimos.

Con la desaparición de la niebla, se sintieron algo desprotegidos. Había ahora más coches que a la ida y de vez en cuando se cruzaban también con zapatos calzados, de los que se ocultaban, para evitar puntapiés, arrimándose cuanto les era posible a las fachadas. Cuando las piernas extrañas pasaban muy cerca de ellos, se refugiaban en el estado de abandono característico de la materia inerte. No obstante, esas pérdidas del sentido resultaban más breves cada vez, como si la aventura callejera estuviera produciendo cambios acelerados en su biología.

Los zapatos de Vicente Holgado continuaban excitados por la vivencia de desdoblamiento experimentada en el cementerio, y aunque continuaban unidos desde el punto de vista orgánico, ya eran capaces de hablar entre sí como si fueran dos. Al poco, comprobaron que este movimiento liberador conllevaba también la aparición de un rencor personal que permitía proyectar sobre el otro la culpa del malestar propio. El zapato derecho se guardó para sí el placer que le había proporcionado la invasión de la rata. Nunca se había sentido tan lleno. Ni tan mezquino.

Al alcanzar una esquina cercana a la vivienda de Vicente Holgado, se oyó un chirrido procedente del roce violento de unos neumáticos contra el suelo. Cuando se volvieron en dirección al estrépito, vieron un cuerpo humano tendido sobre la calzada, boca arriba, con la puntera de los zapatos apuntando al cielo. El automóvil que le había atropellado permaneció unos segundos detenido frente al cuerpo y luego huyó rodeándolo, como si le desagradara pasar por encima. Los zapatos expedicionarios permanecieron quietos unos instantes, y al ver que no se producía en la calle solitaria y oscura ningún otro movimiento, se acercaron con cautela al cadáver y dieron vueltas alrededor de él, intentando comprenderlo. Luego, una vez seguros de que estaba poseído de la condición inanimada de la que también eran ellos víctimas en las situaciones de peligro, los zapatos de Vicente Holgado saltaron sobre el cuerpo, pisoteándole el cuello y la cabeza.

—No es una cucaracha —advirtieron las deportivas algo incómodas por el espectáculo.

—¿No habéis oído nunca la expresión «pisarle el cuello a alguien»? —respondieron los zapatos de Vicente Holgado.

—Sí —dijo el mocasín impar, que había permanecido en silencio desde que abandonaran el cementerio—. Algunos se lo pisan a su padre con tal de alcanzar lo que quieren.

—Pues éste debe de ser el padre de alguien. Venga, todos arriba.

Las deportivas declinaron la invitación, permaneciendo junto al difunto, pero el mocasín impar, súbitamente rejuvenecido, brincó al cuello del muerto y comenzó a dar saltos sobre él poseído por una furia alegre, en la que parecía sofocar sus penas.

Cuando se cansaron de esta actividad, descendieron del cuerpo y, ya más calmados, se dirigieron a los pies para liberar a los zapatos del cadáver. Eran negros, de cordones, con mucha puntera, parecidos a los de Vicente Holgado, pero con la suela de piel, en lugar de goma de neumático. Parecían, en fin, de más calidad y estaban también mucho más nuevos. Cuando se vieron liberados allí, en medio de la calle oscura, se pusieron a gemir.

—¿Pero qué habéis hecho? —preguntaron en tono de reproche.

—Os dejamos libres —respondieron las deportivas—. Este cuerpo está muerto.

Mientras las deportivas discutían con los zapatos recién liberados, los de Vicente Holgado se acercaron a los pies del cadáver, aplicaron sus bocas a la planta y sorbieron con una habilidad sorprendente sus calcetines, que tenían un 60% de lana y un 40% de fibra, la combinación más digestiva y sabrosa para ellos.

Ante la aparición de los pies desnudos, apuntando majestuosamente en dirección al cielo todos se quedaron un poco sobrecogidos y sintieron ganas de adorarlos.

—Verdaderamente —dijeron las deportivas con respeto— no hay duda de que los pies son la parte más noble del cuerpo humano y su zona pensante, por eso gozan de la protección especial que les proporcionamos nosotros.

—Y el cuerpo entero, con lo grande que es, sólo va a donde ellos deciden —añadieron los de Vicente Holgado.

—Los pies son dioses —aseguraron los zapatos del muerto—. Los pies no necesitan nada al resto del cuerpo, que constituye más bien un peso que sobrellevan, quizá por piedad, de la mañana a la noche. Podrían prescindir de él sin problemas.

—De hecho —añadió el mocasín viudo— hay un pasatiempo, el fútbol, en el que los pies juegan con una especie de cabeza, pero no conozco ninguno en el que la cabeza juegue con los pies. Ahí queda patente la superioridad de una extremidad respecto a la otra. Yo conocí a unos zapatos de fútbol y me contaban que hacían lo que querían con esa cabeza sin que ella pareciera molestarse.

—Nuestros pies —informaron las deportivas— juegan a veces al fútbol calzados por nosotras, y, en efecto, consiste en dar patadas a una cabeza de piel completamente idiota.

La luz de la farola más próxima iluminaba las callosidades de los pies fallecidos otorgándoles una apariencia sobrenatural. Las uñas de los dedos, violentamente incrustadas en la carne, parecían señales de una forma de dominio desmesurado, quizá algo cruel. El zapato derecho de Vicente Holgado pensó que los pies reunían la complejidad orgánica precisa para alcanzar la grandeza de las ratas, pero no estaban seguros de que pudieran desanudarse de los tobillos y llevar un vida independiente.

En esto, se oyó el ruido de un coche procedente de una calle próxima y los zapatos cesaron de adorar a los pies, emprendiendo todos una huida precipitada, excepto los del cadáver, que permanecieron junto al cuerpo, dando pequeños saltos, en un intento por encajarse de nuevo en las extremidades de las que habían sido desalojados.

Se despidieron en el patio interior del edificio, después de atravesar el desagüe que les había descubierto la rata, y cada zapato se marchó directamente a su casa trepando por las cañerías de la fachada, recorriendo las cornisas, deslizándose por los cables de la luz. Los de Vicente Holgado, al alcanzar de nuevo el tendedero, padecieron un sentimiento de extrañeza. Apenas habían permanecido unas horas en la calle, pero tenían, juntos y por separado, la impresión de regresar de un viaje tan largo, quizá tan hondo, que ya no eran los mismos.

—No deberíamos haber vuelto —pensó en voz alta el izquierdo.

—Podías haberlo dicho antes —respondió el derecho—. Yo he regresado por ti.

La llegada al piso fortaleció el rencor de cada uno de ellos respecto al otro, y aunque se trataba de rencores individuales, su composición era la misma. Por lo demás, pese a este desdoblamiento de conciencia, continuaban moviéndose como las dos partes de una maquinaria única. Al llegar a la cocina y ver a las zapatillas de cuadros junto a la lavadora, no resistieron la tentación de pisotearlas sin que éstas se recuperaran de su pérdida.

—Cada vez duermen más —señaló el zapato derecho.

—No están dormidas. Están muertas —respondió el izquierdo.

Era la primera ocasión en que la palabra muerte aparecía entre los dos tras la conquista de la individualidad intelectual y percibieron que les hacía daño, pues ahora estaba dotada de un significado distinto, más próximo, y también más dramático que antes. Quizá era el precio que había que pagar por separarse.

Algo incómodos por este conocimiento recién adquirido, se dirigieron al dormitorio y ocuparon su lugar debajo de la cama. Desde allí, unos segundos antes de caer en la condición de objetos, observaron los zapatos de mujer, situados en el otro extremo, pero éstos no abandonaron su apariencia inerte.

Pasadas unas horas, la luz del día entró por debajo de la cama y se despertaron con la sorpresa de no estar ocupados por los pies de Vicente Holgado. Miraron alrededor y vieron que los zapatos de mujer habían desaparecido. Con cautela, salieron de debajo de la cama dirigiéndose al armario empotrado, cuya puerta permanecía entornada, y comprobaron que no estaban en su sitio los mocasines negros que los pies de Vicente Holgado llevaban meses sin ponerse.

—Parece que los pies han elegido hoy a los mocasines —dijo el zapato izquierdo desconcertado.

—Es raro —señaló el derecho—. Esos zapatos duelen.

La casa estaba en silencio. Habría sido una fiesta moverse por ella sin ninguna precaución de no ser por el desasosiego del que eran víctimas, y que prefirieron ignorar por miedo a que su reconocimiento frenara el proceso biológico de independencia en el que parecían inmersos. Quizá, pensaron, el síndrome de abstinencia de los pies fuera pasajero y necesario, por otra parte, para completar el cambio.

Al abandonar el dormitorio en dirección al pasillo, se vieron reflejados en el espejo del armario y comprendieron por qué no habían sido elegidos por los pies de Vicente Holgado para salir a la calle: estaban sucios, arañados y parecían más viejos de lo conveniente: la excursión al cementerio pasaba factura también. Nada era gratis. En cuanto al término viejo, tenía ahora una carga de malestar novedosa. Recordaron los zapatos del hombre atropellado y envidiaron su juventud, su brillo. A ellos, en cambio, se les notaban las grietas en las que la suciedad se había incrustado haciéndolas mucho más profundas de lo que en realidad eran.

Algo desanimados, continuaron andando hacia el pasillo con la idea de llegar al cuarto de baño, en busca de las cucarachas que anidaban tras el bidé. Al pasar por la puerta de la cocina les llamó la atención un ruido orgánico y se asomaron: las zapatillas viejas habían resucitado e intentaban comerse un calcetín de lana cada una. Eran de muy buena calidad, con mucha fibra, pero resultaban demasiado gruesos para sus tragaderas de fieltro y se les habían atascado. Los zapatos de Vicente Holgado entraron en la cocina y el derecho le dio a cada una un par de pisotones que les hizo expulsar la presa y huir hacia el tendedero en busca de refugio. Entonces, ellos se comieron los calcetines de lana sin prisas y luego continuaron su viaje hacia el cuarto de baño.

No vieron nada, pero se quedaron junto al pie del lavabo atentos a cualquier movimiento que se produjera en los alrededores del bidé. El derecho se sentía un poco molesto porque había observado que el izquierdo no había pisoteado a las zapatillas de cuadros, aunque no había renunciado a comerse el calcetín.

—Me he dado cuenta de que has evitado pisar a las zapatillas viejas.

—No me apetecía.

El derecho permaneció callado odiando a su compañero por aquella decisión que parecía obedecer a un movimiento moral del que se sentía excluido. Finalmente, añadió:

—No eres mejor que yo.

—Si vamos a ser dos, aunque atados biológicamente el uno al otro, es mejor que aceptemos desde el principio la posibilidad de ser distintos. Tú pisa a las zapatillas viejas cuando quieras, yo no. Punto.

Al derecho le pareció que su compañero pensaba con mayor precisión que él, pero cuando iba a responderle cualquier cosa con la que dar salida a su resentimiento, le pareció observar algo detrás del bidé y corrió hacia allí.

—No era nada —dijo en tono de fastidio al regresar junto a su compañero.

—¿Te has dado cuenta de que te has movido solo? —señaló el izquierdo.

El derecho cayó entonces en la cuenta de que, en efecto, había ido y venido sin el concurso del izquierdo. Lo intentó de nuevo, dando en esta ocasión una vuelta más larga alrededor del cuarto de baño con resultados idénticos.

—Me parece que somos libres el uno del otro —dijo con expresión de miedo al regresar de nuevo a su lugar.

—Déjame probar a mí —propuso el izquierdo alejándose él solo hacia la puerta sin ningún problema.

—Intenta salir al pasillo —pidió el derecho sin moverse.

El izquierdo abandonó sin dificultades el cuarto de baño y ya en el pasillo sintió como si el derecho tirara espiritualmente de él. Aquella forma de libertad, tan anhelada, implicaba sin embargo una forma de desgarramiento. Cuando regresó al pie del lavabo percibió en su compañero un suspiro de satisfacción, pero se colocaron el uno junto al otro sin mencionar nada del daño que habían sentido al separarse. Luego, tras permanecer allí un rato sin que apareciera ninguna cucaracha, el izquierdo sugirió que salieran a pasear por la casa.

Iban uno al lado del otro, aunque con movimientos individuales, no sincronizados, como era lo habitual. A veces, se rozaban sin querer e inmediatamente se separaban presas de un sentimiento de pudor desconocido. Al llegar al salón, buscaron instintivamente la protección de la mesita baja, de café, y debajo de ella descansaron del esfuerzo de ser dos también desde el punto de vista orgánico.

—No te lo he contado —dijo el derecho con tono de sinceridad—, pero cuando estábamos en el cementerio se me metió den-

tro una rata de nuestro tamaño y la verdad es
que nunca me había sentido tan completo, ni
siquiera con un pie hinchado por el calor. ¿Tú
no notas que te falta algo?

—Sí, pero no creo que sea una rata.

—Pues yo llegué a pensar que quizá somos ratas vacías, imperfectas. ¿Por qué, si no,
tenemos esta oquedad tan grande?

—Para que quepa el pie.

—Pero el pie es poco complejo, y algo
rígido, como si no tuviera dentro más que huesos. En cambio la rata parecía rellena de glándulas y estómagos, palpitaba como un mamífero, y tenía una temperatura propia. Tú sabes lo
que cuesta calentar a veces un pie frío.

—A mí me parece que tenemos más
cosas en común con las cucarachas que con las
ratas —dijo el izquierdo—, incluso desde el
punto de vista de la temperatura corporal y de
los movimientos. De todos modos, soy de los
que piensan que los verdaderos dioses son
los pies.

—Es que la ventaja de las ratas es ésa,
que no son dioses.

Una rayo de luz en el que viajaban par-
tículas de toda clase se coló por el ventanal del
salón y penetró debajo de la mesa golpeando
al zapato derecho de Vicente Holgado en la
puntera.

—Cada vez soporto menos el sol —dijo buscando la sombra del tablero.

El izquierdo le acompañó instintivamente. Ahora que podían moverse solos, parecía que no querían separarse. Entonces, se oyó el ruido de la puerta del piso y tras una vacilación compartida regresaron corriendo a la alcoba, ocultándose debajo de la cama, desde donde escucharon los pasos de la asistenta de Vicente Holgado que tras un recorrido errático e incomprensible a lo largo de la vivienda entraron en el dormitorio.

Lo normal es que frente a esta situación de peligro se hubieran cosificado, pero al no perder ninguno de ellos la conciencia vieron desde su observatorio el ir y venir de las piernas desnudas sobre unas chanclas ortopédicas que dejaban al descubierto los talones. Habían oído hablar de esa clase de calzado, pero nunca lo habían visto tan cerca. La suela, muy gruesa, parecía de madera, y el cuerpo del zapato, hecho de una piel con abundantes poros (agujeros más bien, por su tamaño), iba unido a ella por unos clavos pequeños de cabezas doradas. Producían una repugnancia seductora que turbó a los zapatos de Vicente Holgado. Según la información de que disponían, aquel calzado servía para pies deformes, y, quizá porque nunca habían visto unos pies de este tipo, estaban sobrecogidos por la experiencia. Desde luego, los talones de la mujer, que permanecían al descubierto, se encontraban llenos de durezas con grietas que les proporcionaban un aspecto implacable y torturado a la vez. Si el resto del pie tuviera una geografía así de accidentada, sería un órgano impresionante.

En esto, los pies de la asistenta abandonaron las chanclas ortopédicas a unos centímetros de los zapatos y se alejaron desnudos en dirección al pasillo produciendo unos pasos huecos, esponjosos, que el derecho asoció al sigilo de las ratas. Cuando se hizo el silencio, salieron con cautela de debajo de la cama y se acercaron al calzado ortopédico sin que éste diera muestras de tener una vida propia. Al principio pensaron que quizá le costaba abandonar la condición de cosa en un espacio no familiar y con los pies deformes tan cerca, pero pronto advirtieron que tenían una naturaleza apática, de ahí ese aire estatuario productor de extrañeza.

El zapato derecho de Vicente Holgado les dio un par de pisotones, era su modo de probarlos, mientras que el izquierdo sacó la lengüeta por entre los cordones previamente aflojados y lamió el empeine de los ortopédicos degustando el sabor eléctrico de los clavos que les servían de costura. El zapato derecho se quedó espantado:

—¿Por qué haces eso? —preguntó.

—Estoy harto de pisotear y ensayo otros modos de relación —dijo sin dejar de lamer la superficie áspera del calzado ortopédico.

El derecho guardó un silencio rencoroso, como era habitual cuando no entendía algo que sin embargo le seducía y al poco se oyeron los pasos mullidos que les obligó a retirarse a su lugar, debajo de la cama. Desde allí, observaron a los pies deformes con admiración y quizá algo de envidia. Estaban bajo el síndrome de abstinencia y habrían dado cualquier cosa por ser penetrados por aquellos pies retorcidos que prometían llenar los huecos más recónditos de uno. El derecho de Vicente Holgado pensó que eran como ratas rosadas, preguntándose si la aspiración de los pies y de los zapatos no sería la misma: evolucionar hacia esa forma de éxito biológico.

Finalmente, los pies deformes volvieron a ocupar las chanclas ortopédicas y se alejaron definitivamente produciendo esta vez unos pasos firmes, macizos, que dibujaron una línea imaginaria a lo largo del pasillo. Cuando se escuchó la puerta de la calle, los zapatos de Vicente Holgado salieron de debajo de la cama, e instintivamente, como presionados por una memoria ancestral que les asaltó a los dos al mismo tiempo, se dirigieron a un armario empotrado que había en el recibidor de la casa. Pudieron abrirlo gracias al alabeo de la puerta que dejaba su mitad inferior fuera del quicio. Dentro, había multitud de objetos amontonados sin ningún orden conocido, y entre ellos unas hormas sencillas que hacía mucho tiempo, quizá en los comienzos oscuros de su existencia, habían sido utilizadas en ellos. La horma era en realidad un pie artificial, si bien muy esquemático. Estaba constituida por una puntera de plástico y un talón del mismo material unidos por un alambre grueso y flexible. Se las metieron dentro como pudieron e inmediatamente se les redujo la ansiedad provocada por el síndrome de abstinencia.

—Quizá pudiéramos llegar a prescindir del todo de los pies con unas reproducciones algo mejores que éstas —dijo el derecho.

—¿Y para qué quieres prescindir de los pies? —preguntó el izquierdo.

—Para ser más independiente. Lo he estado pensando y creo que los pies no son más que ratas imperfectas.

—Qué manía has cogido con las ratas.

El derecho comprendió que ambos se movían en lógicas distintas y prefirió no contestar. Los dos permanecían aún en el interior del armario, entre un conjunto de objetos en desuso o rotos sobre los que planeaba el vuelo de una gabardina vieja colgada de una percha. Olía a polvo y no era difícil detectar su presencia en el ambiente, pero ellos se encontraban a gusto allí sin imaginar el significado de ese placer, hasta que el izquierdo dio la voz de alarma.

—Me parece que esto es un cementerio de cosas.

—¿Estás seguro?

—Tú verás.

Ninguno de los dos se atrevió a admitir que ellos mismos tenían un alto porcentaje de cosa en su composición, pero abandonaron precipitadamente el armario y se fueron a disfrutar de las hormas al cuarto de baño.

Por la noche regresaron de nuevo los zapatos de mujer cuya presencia se había hecho familiar a lo largo de los últimos tiempos. También se encontraban debajo de la cama los mocasines con los que los pies de Vicente Holgado habían sustituido ese día a los de cordones. Éstos, a la hora de costumbre, se acercaron a los de mujer para invitarlos a la reunión de la cocina.

—¿No vienen esos mocasines? —preguntaron los femeninos.

—Son de aquí, pero no se relacionan con nosotros —respondieron los zapatos de cordones de Vicente Holgado.

Los mocasines, aunque inánimes, parecían recorridos por un temblor orgánico rudimentario, como si se hubieran extraviado, al evolucionar, en una fase vegetal, que produjo un fuerte rechazo en los zapatos de mujer.

—Qué asco —exclamaron saliendo de debajo de la cama.

—Eso no es nada comparado con unos ortopédicos que hemos conocido hoy —dijeron los de Vicente Holgado.

Los dos pares alcanzaron el pasillo y desde allí se dirigieron a la cocina, donde les esperaban ya las deportivas y el mocasín viudo de las viviendas vecinas, además de las zapatillas viejas, que abrieron un poco el círculo, con expresión de respeto, o de miedo, al ver llegar a los zapatos de Vicente Holgado. Éstos venían comportándose como si fuesen un solo individuo, pero al encontrarse frente a los otros no pudieron evitar confesar que eran dos.

—El proceso comenzó ayer —añadieron a las preguntas del mocasín impar—, durante la visita al cementerio. Al principio sólo éramos capaces de pensar cosas diferentes, pero esta mañana hemos ejecutado con éxito movimientos autónomos. Somos dos individuos.

—A verlo —dijeron las deportivas.

Los de Vicente Holgado se desplazaron de un lado a otro individualmente y luego conversaron entre sí manteniendo puntos de vista opuestos sobre el placer de aplastar insectos. El mocasín viudo estaba entusiasmado, pero las deportivas y los zapatos de mujer contemplaron el espectáculo con aprensión, como si se encontraran frente a un fenómeno anormal. Las zapatillas viejas permanecieron impasibles, al borde mismo de la cosificación. Los zapatos de Vicente Holgado, advirtiendo el desagrado que producían en su entorno, regresaron al grupo comportándose como si fueran de nuevo uno.

Luego, para romper la tensión creada con su proceder, propusieron comentar las incidencias de la excursión al cementerio, lo que fue muy bien acogido por los zapatos de mujer. Tanto las deportivas como el mocasín viudo y los zapatos de Vicente Holgado estuvieron de acuerdo en que la aventura había sido más estremecedora de lo que hubieran podido imaginar antes de emprenderla. Los zapatos de mujer escucharon impresionados el relato del encuentro con la pierna momificada y hasta las zapatillas de cuadros despertaron del todo dando muestras de impaciencia cuando la narración se desaceleraba. El episodio del cadáver tirado en la calle, con los pies desnudos apuntando con los dedos al cielo, puso la carne de gallina hasta a los propios narradores. Y ya lanzados, el zapato derecho de Vicente Holgado contó la experiencia de la rata, que produjo un asombro general.

—Éste piensa —apuntó el izquierdo— que los pies son ratas imperfectas.

En esta ocasión, las deportivas y los zapatos de mujer moderaron sus gestos de desagrado ante el comportamiento dividido de los de Vicente Holgado.

—Nosotras hemos visto ratas hace mucho tiempo —añadieron las zapatillas de cuadros—. En esta casa hubo un nido debajo de la pila de fregar. Se parecen a nosotras en lo mullido de su cuerpo y en la capacidad de encogerse para pasar por lugares estrechos. Pero están llenas de órganos y glándulas por dentro, cada uno con una función diferente. Nosotros carecemos de otras vísceras que no sean los pies, lo raro es que salen y entran, mientras que las ratas las tienen siempre dentro de sí. El calzado es la forma más rara de vida que quepa imaginar.

Al zapato derecho de Vicente Holgado no le gustó que aquellas desgraciadas intentaran monopolizar el parecido con las ratas, pero más que su disgusto pesó en el ambiente la afirmación de que el calzado constituía, en general, una rareza biológica. Los de mujer expresaron su incomodidad golpeando un par de veces el suelo con los tacones y las deportivas tosieron. No sabían qué era toser, ni para qué servía, pero les pareció un ruido adecuado para neutralizar la atmósfera siniestra creada por la declaración de las zapatillas de cuadros. Finalmente, intervino el zapato derecho de Vicente Holgado:

—Esto no es más que una conjetura, desde luego, pero yo creo que unos pies desprovistos de cuerpo, permanentemente metidos dentro de nosotros, acabarían transformándose en vísceras auténticas.

—¿Y los calcetines? —preguntaron las deportivas.

—Se convertirían en un tegumento mucoso que protegería las zonas más sensibles, lo que nos proporcionaría un aspecto compacto, semejante al de las ratas, como paso previo a la conquista de su agilidad. Lo que no deberíamos permitir desde luego es que los pies continúen entrando y saliendo de nosotros sin tener en cuenta nuestras necesidades. Mi compañero izquierdo y yo hemos tenido que introducirnos esta mañana unas hormas para combatir el síndrome de abstinencia. En cambio, nuestros pies se han llevado a la calle unos mocasines repugnantes que además duelen.

—De ese modo seríamos completamente responsables de nuestras vidas —dijo el mocasín viudo.

—Así es —añadió el zapato izquierdo de Vicente Holgado—. Y podríamos formar colonias donde nos organizaríamos por grupos, o por intereses. Hoy hemos visto un calzado ortopédico sin ninguna conciencia de sí mismo, completamente sometido a unos pies rarísimos, deformes. La verdad, nos ha dado lástima.

—¿Os han dado lástima los pies? —preguntaron con extrañeza las zapatillas viejas.

—Los pies no, el calzado ortopédico.

—Ah, bueno, porque los deformes, se- guramente, son pies superiores.

—¿Por qué decís eso? —preguntó el za- pato derecho de Vicente Holgado.

—Las deformidades indican la existen- cia de vísceras especializadas en diferentes fun- ciones orgánicas.

Tras una breve discusión, decidieron que había que ponerse en contacto con los pies de la casa para proponerles asistir a una de sus reuniones y ver la posibilidad de alcan- zar con ellos acuerdos biológicos. El mocasín impar sugirió que actuaran de embajadores un par de calcetines discretos, negros a ser posi- ble, que llevaran el mensaje en ese instante, pues aún era pronto y quizá diera tiempo a tener la primera reunión esa misma noche. Aceptada por todos la propuesta, las deporti- vas saltaron al cesto de la ropa sucia situado en el tendedero y al poco regresaron con un par de calcetines de los llamados Ejecutivos, pura fibra, que se debatían desesperadamente inten- tando escapar.

—Nadie os va a hacer daño —dijo el derecho de Vicente Holgado adelantándose con solemnidad—. Por el contrario, se trata de en- cargaros una misión diplomática muy delicada. Si llega a buen puerto, os garantizamos que no seréis comidos nunca.

—¿Qué hemos de hacer? —preguntaron los calcetines negros con expresión de alivio.

El zapato derecho, que había decidido no perder la iniciativa, les pidió que fueran hasta la cama de Vicente Holgado e invitaran a todos los pies que encontraran dentro a la reunión que en ese instante mantenían los zapatos en la cocina, junto al tendedero de la casa.

—Decidles que es muy importante que acudan solos, sin los cuerpos a los que habitualmente permanecen unidos.

Los calcetines aceptaron el encargo y se deslizaron con sigilo por el suelo en dirección al dormitorio, seguidos por los zapatos de Vicente Holgado, que habían acordado darles escolta, pues no se fiaban de su lealtad y temían que se extraviaran en el pasillo, por el que avanzaron pegados al rodapié, como si tuvieran miedo a las extensiones sin límites. Una vez alcanzado el dormitorio los calcetines se enroscaron en una de las patas de la cama y treparon por ella uno detrás de otro con sorprendente ligereza.

—Si fuéramos capaces de desarrollar esa elasticidad —le dijo el zapato derecho al izquierdo— no les habríamos necesitado.

—No necesitaríamos a nadie —respondió el izquierdo—. Todo eso se solucionará cuando seamos ratas.

Los calcetines habían encontrado entre los pliegues de las sábanas el camino para llegar a la zona habitada por los pies y desaparecieron de la vista de los zapatos de Vicente Holgado, que esperaban impacientes los resultados de la entrevista.

Después de lo que pareció una negociación eterna, asomaron de nuevo los calcetines negros por debajo de las sábanas y tras ellos los pies de Vicente Holgado, que se deslizaron pata abajo en la misma postura que si descendieran por una pértiga: Actuaban sincronizadamente, igual que los zapatos, como si entre el derecho y el izquierdo formaran un solo individuo al servicio de un cuerpo invisible. Tras tocar el suelo y observar la situación bisbisearon algo en dirección a la cama y entonces aparecieron los pies de la mujer. Eran sumamente desconfiados e ignoraban el modo en que tenían que abrazarse a la pata para descender, por lo que prefirieron saltar, produciendo contra el parqué un golpe cuyo ruido sobresaltó a todos.

Una vez reunidos, cruzaron la puerta de la habitación y se internaron en el pasillo en el orden siguiente: los calcetines negros, que en seguida buscaron el rodapié, para deslizarse pegados a él (logrando una invisibilidad sorprendente), los zapatos de Vicente Holgado y sus pies, que caminaban unos al lado de los otros, formando parejas e intercambiando en voz baja algún tipo de información, y los pies de mujer, algo pegados también al rodapié, como si buscaran una protección a su desnudez. En la cocina fueron recibidos con un silencio respetuoso por parte del mocasín impar, las deportivas y los zapatos de mujer. Las zapatillas viejas parecían ensimismadas, y en seguida fueron retiradas del círculo, con una violencia mal disimulada, por el zapato derecho de Vicente Holgado. El reloj digital del microondas iluminaba con una fosforescencia verdosa la zona de la cocina donde se hallaban reunidos, y la puerta de cristal que daba al tendedero reflejaba la luz pálida de la luna que se colaba por el patio interior del edificio.

El calzado presente permanecía sobrecogido por la presencia de los dos pares de extremidades. Los pies de Vicente Holgado tenían el dedo gordo y el pequeño doblado hacia dentro, protegidos por sendas uñas que parecían caparazones córneos. Se apoyaban en el empeine, sobre un grueso callo longitudinal que inspiró veneración a todos los zapatos, y presentaban escaras en la parte superior, donde la piel había adquirido un color rosa tendente al rojo. Los de mujer, sin embargo, tenían los dedos más largos y estirados, excepto el pequeño, que tendía a buscar refugio bajo el anular, como si no fuera capaz de sobrevivir más que a su sombra. Las uñas, más cortas que las de los pies de Vicente Holgado, o quizá más cuidadas, estaban pintadas de rojo. Sus formas, en general, eran más suaves y ligeras, y tenían un gran puente entre el talón y la puntera.

Como pasara el tiempo sin que los zapatos fueran capaces de abandonar aquel silencio religioso, los pies de Vicente Holgado explicaron con cierta precipitación que no podían permanecer fuera de la cama mucho tiempo por el peligro de que los cuerpos se incorporaran para ir al baño y al apoyarse directamente en la base de los tobillos rodaran por el suelo.

—¿Entonces es la primera vez que os separáis de ellos? —preguntaron con timidez las deportivas.

—No, no. Durante la noche, vivimos nuestra vida —respondieron los pies de Vicente Holgado nuevamente—, pero no solemos abandonar esa zona oscura de la cama donde las sábanas rodean al colchón. Ése es el territorio natural de los pies y por él navegamos durante horas mientras los cuerpos duermen. Fuera de ese espacio nos desenvolvemos bien, pero estamos expuestos a infecciones de las que allí nos encontramos a salvo.

A instancias de los zapatos de mujer, que se dirigieron a ellos con un gesto de sumisión exagerado, relataron también que los cuerpos no advertían su ausencia, pues los pies dejaban en su lugar, al desprenderse del conjunto, un fantasma que producía sensaciones idénticas a los verdaderos órganos.

—Lo único que pasa —añadieron— es que con esos pies inmateriales no se puede andar. De ahí que tengamos que estar siempre cerca para colocarnos en nuestro lugar cuando los cuerpos comienzan a desperezarse.

Los pies de mujer permanecían callados y nerviosos, como si no encontraran el momento de regresar a su ambiente. Por alguna razón inexplicable, la desnudez era más patente en ellos que en los de Vicente Holgado, cuyos zapatos, al comprobar su nerviosismo, aseguraron que ni el cuerpo de Vicente Holgado ni el de la mujer que dormía con él desde hacía algún tiempo se levantaban antes de que se hiciera de día.

— Aun así —dijeron finalmente los pies de mujer dirigiéndose, más que a los zapatos, a los pies de Vicente Holgado—. Éste no es nuestro sitio.

El calzado creyó percibir en aquella frase un tono de superioridad. Pero es que eran superiores. No había más que observar sus accidentes, así como las formas que se dibujaban bajo la piel, para advertir que estaban dotados de una complejidad interesante de la que ellos carecían. Los zapatos de Vicente Holgado rogaron que permanecieran con ellos un rato todavía y los pies masculinos, que ya habían advertido la veneración incomprensible que provocaban en el calzado, accedieron a ello tras cambiar en voz baja una información con los pies de mujer.

Entonces hicieron las presentaciones. El mocasín viudo, como ya era habitual en él, produjo cierto desagrado, quizá por su situación asimétrica o impar. Cuando los pies de mujer preguntaron por las zapatillas viejas, de cuadros, que permanecían fuera del círculo, ensimismadas, o cosificadas tal vez, los zapatos de Vicente Holgado respondieron con desdén:

—Son viejas.

—Pero cómodas —respondieron los pies de Vicente Holgado, que evidentemente tenían relaciones con ellas, para envidia de todos.

Tras unos murmullos dispersos, tomaron de nuevo la palabra los zapatos de Vicente Holgado, que, para evitar la violencia que provocaban las cosas impares en aquel universo dual, actuaban sincronizadamente, como si entre los dos sumaran uno. Explicaron el sentimiento de vacío de que eran víctimas cuando no tenían un pie dentro de sí, y relataron las discusiones que llevaban a cabo durante aquellas reuniones nocturnas acerca de si los pies eran el alma de los zapatos o sus dioses. Los pies de Vicente Holgado no pudieron disimular un gesto de autosatisfacción. Los de mujer, en cambio, continuaban dominados por el temor, o por una suerte de frío incomprensible, ya que ese año el calor se había adelantado. Los zapatos de mujer se acercaron entonces y les ofrecieron respetuosamente su interioridad. Los pies saltaron sin pensarlo dos veces acomodándose dentro de los zapatos de tacón.

El calzado vacío contempló el conjunto fascinado y los zapatos de Vicente Holgado no pudieron reprimir entonces la necesidad de explicar a los pies su idea de formar individuos autónomos, semejantes a las ratas. Hablaban de forma apresurada, con una necesidad algo trágica de ser entendidos.

—Pero eso nos obligaría a separarnos definitivamente de los cuerpos —arguyeron los pies de Vicente Holgado.

—Y para qué los necesitáis —preguntó el mocasín impar contagiado de la pasión de sus colegas.

—Toda la inteligencia de los cuerpos —añadieron las deportivas— está acumulada en los pies. Los cuerpos os necesitan a vosotros, pero no vosotros a ellos.

—En nuestro mundo seríais dioses —aseguraron los zapatos de Vicente Holgado—. Estos días hemos observado a las ratas del patio y con un poco de práctica podríamos ser como ellas.

—O como escarabajos —replicó el mocasín viudo.

—Nosotras seríamos ratas blancas —añadieron las deportivas.

Los pies de Vicente Holgado parecieron dudar, y en seguida dijeron que tenían que pensarlo. Su vida no era mala, aunque tuvieran que ocuparse todo el día de unos cuerpos incapaces, pese a su tamaño, de ir sin ellos a ninguna parte. Pero la asociación que les proponían los zapatos había abierto en su existencia unos horizontes que era preciso considerar despacio. Dijeron todo esto sin abandonar su expresión de superioridad o de divinidad recién estrenada. Pero como el tiempo transcurriera sin pausa y pronto tendrían que volver a los territorios abisales de la cama, los zapatos de Vicente Holgado les pidieron que se metieran dentro de ellos, aunque sólo fuera unos instantes, para aliviar el síndrome de abstinencia del que eran víctimas desde la jornada anterior, atenuado apenas por la penetración de las hormas que habían encontrado en el armario. Los pies accedieron y saltaron cada uno al interior de su cavidad correspondiente. Cuando los zapatos sintieron dentro de sí, y sin el intermediario de los calcetines, aquellos órganos que constituían sus entrañas, sus vísceras, dieron un suspiro de alivio que despertó brevemente de su sueño de cosas a las zapatillas de cuadros. Jamás se habían sentido tan llenos, ni tan leves al mismo tiempo, pues no tenían sobre sí el peso innecesario de la torre del cuerpo. Aunque no dijeron nada por prudencia, pensaron que en esa situación de completud serían capaces de recorrer el mundo sin cansarse y con la agilidad de un roedor. Casi instintivamente, tanto el zapato derecho como el izquierdo apretaron sus cordones para que las formas del pie se adaptaran perfectamente a sus irregularidades, y por un momento tuvieron la tentación de no desaflojarse nunca para evitar que volvieran a salir. Sólo el respeto que les tenían, o quizá el miedo a que se negaran a colaborar bajo presión en aquella aventura biológica que les acababan de proponer, evitó que en ese mismo instante salieran corriendo por el hueco del tendedero y descendieran a encontrarse con las ratas en el patio interior de la vivienda.

En ese instante, se oyó un golpe proveniente del dormitorio, como si un cuerpo se hubiera desplomado sobre el suelo provocando un estrépito que el silencio nocturno multiplicó, seguido de una exclamación de dolor. Los pies de Vicente Holgado comprendieron que el cuerpo había intentado levantarse, quizá para acudir al baño, y al apoyarse sin su concurso sobre el parqué había rodado por la habitación. Frente a aquella situación de peligro, los zapatos aflojaron la presión de los cordones y los pies saltaron al exterior, seguidos por los de mujer, que trotaron tras ellos por el pasillo en dirección al dormitorio. Las zapatillas viejas, regresando de súbito al mundo de la biología, corrieron también por si fueran solicitadas por los pies descalzos en aquella situación insólita. El resto del calzado, tras reponerse del sobresalto, se dispersó cada uno en la dirección que le era propia, a excepción de los zapatos de Vicente Holgado, que permanecieron quietos, el uno junto al otro, aturdidos por las cantidades de placer que acababan de recibir.

Tres

Al sonar el despertador, Vicente Holgado se incorporó aturdido entre las sábanas y se sentó en el borde de la cama con los codos sobre los muslos, ocultando la cara entre las manos. Intentaba arrastrar a la vigilia, desde el sueño, un tejido que se deshacía ante sus ojos cerrados como si alguien tirara del único hilo del que estaba compuesto. Cuando la mujer bostezó detrás de él, el volumen onírico desapareció transformado en una hebra que vagó por su interior hasta perderse en las simas de la conciencia. Entonces, separó un poco los dedos que le tapaban los ojos, se miró un instante los pies, y volvió a cubrírselos sobresaltado. La mujer percibió la agitación y preguntó si sucedía algo.

—Nada —respondió él desuniendo de nuevo los dedos con la respiración contenida para comprobar que ahora, al fin, estaba todo en orden—. Me había parecido que tenía los pies cambiados de pierna, el derecho en la izquierda y el izquierdo en la derecha.

La mujer se arrastró hasta el borde de la cama ocupado por Vicente Holgado, asomó la cabeza y contempló divertida sus extremidades.

—Están bien —afirmó riendo—, la cabeza es lo que no tienes en tu sitio. ¿Por qué has organizado tanto lío esta noche?

—Me fallaron los pies, los dos, al levantarme para ir al baño y me golpeé contra el galán.

—Ese trasto —añadió ella, lanzando al mueble una mirada áspera.

—He tenido una pesadilla por culpa de esa novela sobre zapatos que lees en el metro —dijo Vicente señalando un libro que había sobre la mesilla de noche.

—*No mires debajo de la cama* —apuntó la mujer.

—Como se llame. Anoche, después de que te quedaras dormida, me desvelé un poco y comencé a leerla, para coger el sueño. Creo que en lugar de dormirme me caí dentro de ella. Aún no estoy seguro de haber logrado salir. Qué espanto. Y con este calor...

—¿Pero qué soñaste?

—No sé, no me acuerdo de nada.

Vicente buscó a tientas, con los pies, las zapatillas de cuadros y una vez localizadas atravesó la habitación para dirigirse al pasillo. Vivía en una casa antigua, con los techos muy altos, en la que el cuarto de baño se encontraba algo alejado del dormitorio principal. Al cepillarse los dientes notó en la encía un dolor lejano, que parecía proceder de otra boca incomprensiblemente asociada a la suya. Se detuvo un instante para comprender lo que estaba sucediendo, y entonces reparó en el sumidero del lavabo como si lo viera por primera vez. La contemplación del agujero, cuyos labios estaban protegidos por un aro de metal, produjo en él un efecto hipnótico muy breve durante el cual le asaltó la certidumbre de que un destino misterioso le aguardaba entre los pliegues de la vida cotidiana. Luego, al abrir el grifo de la ducha y colocarse bajo el chorro de agua, pensó que si Teresa continuaba durmiendo regularmente en su casa, tendría que acometer algunos arreglos. De hecho, ella se había quejado de la falta de intimidad del cuarto de baño, cuya puerta no encajaba bien en el marco. Ninguna encajaba, tampoco la del dormitorio, ni la de la cocina. Y el suelo, especialmente en los alrededores de la bañera y el bidé, presentaba grietas por las que, con la llegada del calor, desaparecían algunos insectos al encender la luz.

A Holgado no le disgustaba el piso: tenía un precio razonable y estaba en pleno centro de Madrid, en la calle Fuencarral, cerca de Tribunal, donde siempre había querido vivir. Su único defecto es que se encontraba alejado de la consulta de callista que había abierto el año anterior en un moderno centro comercial de Arturo Soria, adonde tenía que llegar en un medio que detestaba, el metro. Por otra parte, las grietas del suelo, las irregularidades del pasillo, las durezas de las ventanas y el deterioro general de la vivienda sugerían una existencia austera que él relacionaba con una versión civil del ascetismo.

Mientras se dejaba golpear en la nuca por el agua fría de la ducha con la esperanza de que le arrancara, junto al sudor, la sensación de extrañeza con la que se había despertado, contempló sus propios pies sobre el suelo de la bañera desportillada y sintió por ellos un poco de piedad. Estaban enrojecidos y ligeramente escariados por una micosis crónica de la que no lograba curarse, aunque tampoco ponía demasiada pasión en ello. En casa del herrero, cuchillo de palo, se dijo.

Cuando regresó al dormitorio, la mujer llamada Teresa continuaba entre las sábanas, balanceándose en una especie de duermevela que le proporcionaba una sonrisa hueca, algo maléfica. Antes de que Vicente comenzara a vestirse, le provocó para que se metiera en la cama y él lo hizo, volvió, y se trabaron el uno al otro con todos los apéndices de que disponían reproduciendo, sin grandes variantes, el cuadro pasional que venían reeditando desde diez o quince días antes. Pero ella quería estar segura de que Holgado continuaba sin quererla y pidió que se lo repitiera.

—No te quiero —respondió él—, de sobra lo sabes.

—A veces —insistió Teresa— tengo la impresión de que haces proyectos para nosotros, como si estuviéramos enamorados.

—No son proyectos, son cálculos.

La violencia estremecedora de su encuentro se debía en parte a la seguridad de que no se amaban. Los dos sabían que ninguno representaba para el otro un punto de llegada, sino un lugar de tránsito hacia algo más sólido, más trascendente, más absoluto también, y el valor de reconocerlo les daba sobre el entorno una superioridad que se traducía en beneficios sexuales desde luego, pero sobre todo afectivos, pues tan importantes como sus descargas venéreas eran sus intercambios verbales, en los que se confiaban esa clase de asuntos que sólo se depositan sobre un conocido ocasional y transitorio: el taxista o el compañero de tren. La noche anterior, precisamente, al comentarle ella algunos aspectos de la novela con la que luego había soñado, Vicente le había relatado un secreto que la mujer no se tomó del todo en serio.

—¿Sabes por qué no se debe mirar nunca debajo de la cama?

—Aún no he llegado a ese capítulo —respondió Teresa con ironía—. ¿Por qué?

—Porque se trata de una dimensión ajena a la nuestra, aunque la tengamos tan cerca —dijo él.

—¿Y tú por qué sabes esas cosas?

—Porque yo soy el monstruo de debajo de la cama.

—¿Qué haces aquí arriba, pues?

—Cometí el error de salir, me sacaron más bien, y desde entonces arrastro una vida penosa, disfrazado de ser humano, para no llamar la atención, con esta masa muscular y estas terminaciones nerviosas y esta epidermis en la que no acabo de encajar.

Teresa había soltado una carcajada oscura que salió por la ventana del dormitorio, como un murciélago que se hubiera colado en ella por equivocación. El calor se había adelantado ese año y aunque estaban a primeros de mayo hacía la misma temperatura que a finales de junio, de modo que dormían con la ventana abierta para beneficiarse del fresco de la madrugada.

Tras el intercambio amoroso matinal, Vicente Holgado se vistió, se puso unos calcetines negros y dudó entre los mocasines que había llevado el día anterior y los zapatos de cordón, que eran más cómodos, aunque estaban muy sucios. Finalmente, se inclinó por éstos, no sin murmurar un par de imprecaciones.

—¿Qué pasa ahora? —preguntó Teresa, que estaba intentando regresar al aturdimiento anterior al sexo.

—Que los mocasines me hacen daño y los de cordones están sucios.

—Limpia los de cordones —dijo ella.

Una vez calzado, Vicente se incorporó y cogió la chaqueta del galán pidiéndole disculpas. Hacía estas bromas con el mueble desde que Teresa, al verlo, dijera que le parecía un espía.

—Mi padre —había añadido— tiene uno de la misma familia, pero éste es más serio aún. Seguro que es su jefe.

Cuando estaba preparando el café, entró Teresa en la cocina con un pijama de él en cuyo interior se le perdían los brazos, y las piernas. Se había recogido el pelo en una cola de caballo muy tirante que acentuaba el gesto de interrogación, o de perplejidad, característico de su mirada. Durante el desayuno, y como continuara ensimismado, volvió a preguntarle por la pesadilla.

—Sucedía algo con unos zapatos, como en la novela —respondió él vagamente—, pero en el sueño eran los míos. Y los tuyos, creo.

—A lo mejor mezclaste la historia del monstruo de debajo de la cama con el argumento del libro y formaron una combinación explosiva.

—Lo del monstruo de debajo de la cama no es ninguna historia. Está demostrada científicamente su existencia.

—Pues yo nunca tuve un monstruo debajo de la cama —concluyó Teresa—. El mío estaba en el armario.

—El de la cama y el del armario son el mismo. Viven en un sitio u otro dependiendo del carácter del usuario. El mío vivía debajo de la cama. Me convertí en él al darme cuenta de que era el único modo de perderle el miedo. De pequeño, me escondía bajo el somier y pasaba allí las horas vigilando los zapatos, las zapatillas, las botas del colegio, a las que sólo faltaba que alguien les diera un soplo para que cobraran vida. Por aquella época vi mi primer muerto, y quizá por el modo en que lo habían amortajado me pareció que tenía algo de zapato grande.

—Eras un poco raro, ¿no? —dijo Teresa sin abandonar el tono irónico anterior, aunque matizado por un gesto de desagrado, como para indicarle que quizá estaba llevando la broma demasiado lejos.

—¿Raro? No. Simplemente me metí debajo de la cama, vi lo que había y comprendí que se trataba de un ecosistema con sus leyes y su ausencia de leyes, como todos los conjuntos biológicos. Ahora sé por qué no nos hemos enamorado tú y yo: no soy tu monstruo azul.

—¿El mío tendrá que salir del armario? —preguntó ella regresando a la broma.

—Seguramente. Quizá encuentres alguna información en el libro sobre zapatos.

—Del que no logras escapar por lo que veo. ¿Y hasta qué edad dices que estuviste debajo de la cama?

Vicente se levantó a cerrar el grifo de la pila, que goteaba, y antes de sentarse otra vez tomó un yogur de la nevera.

—Hasta los once o los doce, no me acuerdo. Tuvieron que sacarme a la fuerza, como a un pulpo del mar.

Teresa fingió una mueca de horror y le arrojó un trozo de galleta a la cara, para que no continuara.

—Bueno, la verdad es que al principio sólo me escondía a ratos —concedió él—. Pero un día estaba jugando con unas zapatillas bajo el colchón de mis padres cuando entró mi madre en el dormitorio. Al principio pensé en salir, pero en seguida me di cuenta de que podría matarla del susto, así que permanecí oculto viendo a sus pies ir de acá para allá dentro de unos zapatos de tacón. Luego se sentó en el borde de la cama y me pareció que lloraba. Los tacones de sus zapatos se encontraban a sólo unos centímetros de mi boca, podría haberlos lamido sin que ella se diera cuenta, y entonces, de súbito, reflexioné que los pies de mi madre vivían muy lejos de su cara. Comprendí que los pies pertenecían a un mundo que no tenía nada que ver con el de las cabezas. De hecho, ellos sabían que yo estaba allí debajo, pero no dijeron nada, no podían decir nada porque en ese instante pertenecíamos al mismo mundo y teníamos la obligación de protegernos, de ser solidarios.

—¿Y todo esto que me cuentas estaba sucediendo de verdad? ¿No era una pesadilla? —preguntó Teresa sosteniendo la taza de café en el aire, con una expresión de sorpresa que podía desembocar en una mueca de espanto o en una carcajada, indistintamente.

—En absoluto —continuó Holgado ajeno aparentemente a la reacción de la mujer—. Luego, el somier de la cama se movió, como si ella se hubiera inclinado hacia un lado, y de repente unas bragas blancas cayeron sobre los tobillos de mi madre. Creo que se las quitó utilizando sólo un par de dedos de la mano derecha, así. Se descalzó también y metió las bragas dentro de uno de los zapatos de tacón, empujando el par debajo de la cama. Pensé que el zapato devoraría a las bragas, yo lo habría hecho de ser zapato, y deseé salir corriendo para no verlo, pero resistí. Ella se levantó. Deduje que estaba poniéndose ropa de casa, porque al poco introdujo una mano debajo de la cama en busca de las zapatillas, que yo mismo le alcancé sin que se diera cuenta, y abandonó el dormitorio. Esperé a que se alejara y de súbito supe que no quería salir de allí, que aquél era mi sitio, y no salí.

—¿No saliste?

—No, me quedé a vivir y creyeron que me había escapado de casa. Un compañero del colegio se había escapado de casa el mes anterior y supusieron que yo había hecho lo mismo. Me buscaron por las calles y por las estaciones sin darse cuenta de que estaba debajo de su propia cama hasta el tercer o cuarto día, me parece, cuando yo ya me había habituado. Entonces me sacaron y me dotaron de psicología, de revestimiento muscular, cutáneo, todo eso, y yo hice las cosas lo mejor que pude, pero nunca me sentí como vosotros. Luego crecí y olvidé este episodio, quizá lo censuré, hasta que hace poco, cuando encontré a mi perro muerto debajo de la cama, creo que te lo conté el otro día, me vino todo de golpe a la cabeza. Y en seguida apareciste tú con esa novela sobre zapatos en la mano...

—Déjalo ya, déjalo ya. El terror, en pequeñas dosis, por favor.

—Tampoco es para tanto —sonrió él llevando las tazas sucias a la pila, para lavarlas.

—Bueno, bueno —dijo Teresa—, al final todo en la vida tiene su explicación. Ahora comprendo tu pasión por los pies.

—Los pies saben cosas.

Vicente colocó las tazas en el escurridor y enjuagó algunos vasos que habían quedado por los alrededores mientras hablaba ahora a Teresa de un paciente al que le faltaba un pie.

—Tuvo un accidente laboral a consecuencia del cual sufrió una amputación desde la rodilla. Viene por la consulta a que le alivie un dolor terebrante en el pie que no tiene.

Teresa, que continuaba algo soñolienta dentro del pijama de Vicente, movió la cabeza como para despertarse del todo y dijo:

—Repite eso.

—Has oído bien, tiene un pie fantasma que continúa dándole molestias y llevo tratándoselo desde hace algún tiempo.

—¿Y qué haces?

—Le preparo baños de sal, con un poco de bicarbonato, en una palangana. Él se sienta, mete el pie invisible en el agua tibia y permanece allí hasta que se le calma el dolor. Los síntomas son los de una arteriopatía diabética. He pensado en mandártelo para que le des unos masajes.

—¿Para que le dé unos masajes al pie que no tiene?

—Claro.

Teresa era masajista y estaba a punto de abrir una pequeña consulta en el local contiguo al de Vicente. Se conocían porque durante las obras de reforma, que aún no habían cesado, ella le había pedido algún favor. Ahora no añadió nada y él pensó que quizá había sido una mezquindad proponerle un paciente que no tenía cuerpo en la zona, al menos, donde era preciso aplicar el masaje. Pero al principio, se justificó interiormente, uno tiene que aceptar lo que le llega. No hay otro modo de salir adelante.

—¿Me lo enviarías de verdad? —preguntó Teresa súbitamente interesada.

—Claro —dijo él algo incómodo ahora por el repentino interés de ella. Le decepcionaba que no protestara. En cierto modo, era como enviar un invertebrado a un especialista en huesos. Cerró el grifo, se secó las manos en un paño de cocina y dijo que se iba mientras ella permanecía unos instantes pensativa, como subyugada por la idea de masajear un pie inexistente. Al final salió del ensimismamiento y dijo:

—He quedado con el carpintero en mi local a media mañana. Te haré una visita cuando llegue. Primero he de pasar por casa de mis padres para cambiarme. Llevo dos días con la misma ropa.

Siempre que ella hacía puntualizaciones de ese tipo, él pensaba que era un modo de decirle que aunque no se quisieran deberían regular su situación, pero él no se atrevía a dar el primer paso por miedo a ser rechazado, aunque también por el temor a que ella decidiera trasladarse en seguida. Sólo el 50% de sí, quizá el 40, deseaba vivir con Teresa. A la otra mitad le gustaba estar sola, pero parecía imposible complacer a las dos. Una vez, hacía tiempo, le confesó estas dudas a una mujer que le dijo que eso era miedo a comprometerse. Pero era miedo a comprometerse con la parte libre. La otra lo estaba deseando. Quizá Teresa, pensó, también tuviera dos mitades, pues cuando daba un paso en la dirección del compromiso solía caer en una tristeza honda, de la que costaba mucho rescatarla. Lo deseable, se dijo con una sonrisa, sería llegar a acuerdos por zonas: esta parte se casa contigo, pero esta otra permanece debajo de la cama. Venía a ser lo mismo que decir podrás entrar en todas las habitaciones de mi casa, menos en la del fondo del pasillo. Trató de imaginar cómo se sentiría él si Teresa le hiciera una propuesta de ese tipo. ¿Necesitaría violar la prohibición? ¿Y con qué parte de sí, la ocupada o la libre? Lo cierto es que los dos tenían una región secreta a la que el otro no podía acceder, pero se trataba de un lugar sin geografía, de un país sin territorio, incluso sin una lengua propia, sin constitución, sin historia.

Al salir de casa, ella le dio un beso en la puerta, parodiando el gesto de una esposa feliz al despedir a su marido, y él sintió que aquello era bueno y malo al mismo tiempo.

En el metro, de camino a la consulta, valoró, pese a su suciedad, la comodidad de los zapatos de cordones. El día anterior los mocasines le habían dejado dolorido el empeine. Había zapatos que tenían la particularidad de adaptarse al pie como una funda, mientras que otros no perdían jamás su condición de caja. En las estaciones, cuando se incorporaba gente nueva al vagón, observaba instintivamente sus extremidades y aventuraba patologías. El mundo estaba lleno de pies, todos enfermos, y sin embargo su consulta estaba prácticamente vacía. La gente iba al cardiólogo cuando tenía problemas vasculares o al traumatólogo si le dolían los huesos. Pero nadie acudía al podólogo más que en casos extremos. Vicente Holgado era un simple callista, no un podólogo, aunque sabía más que muchos médicos sin haber estudiado una carrera. En el mejor de los casos, pensó, se prestaba a los pies la atención que a una prótesis. Él mismo tendía a descuidar los suyos, colonizados desde hacía tiempo por unos hongos resistentes a los tratamientos convencionales. Los pies de Teresa eran afilados, como cuchillos, y tenían un perfil limpio, aunque el dedo pequeño propendía a arracimarse.

La noche anterior, en la cama, ella le había dicho que sus padres querían conocerle y él no había opuesto resistencia. Al contrario. Si jugaban a ser una pareja estable, ¿por qué no hacer esta clase de fechorías? Se limitó, pues, a indagar cosas sobre su carácter y supo que la madre era aficionada a los síntomas y el padre a las herramientas (vivía de ellas, en realidad). Los dos pertenecían a una sociedad esperantista y habían enseñado este idioma a sus dos hijas, que lo hablaban con fluidez.

—A mamá —le había dicho Teresa— le encanta hablar de migrañas y cálculos de riñón. El mundo de papá, en cambio, son los cortafríos, los destornilladores de estrella, los alicates de punta redonda. Él mismo se encarga de decorar el escaparate de la ferretería como si se tratara de una boutique.

Vicente entendió que había una rara alianza de orden moral detrás de aquella afición a la enfermedad y al utillaje, pero no dijo nada. Curiosamente, a él le interesaban las dos cosas, los síntomas y las herramientas, porque tenía la impresión de que ambas se complementaban en la búsqueda de alguna forma de trascendencia. Recordó la fascinación con que había adquirido, hacía años, una herramienta multiuso: un mango del que salían, como por arte de magia, todos los utensilios prácticos, desde el sacacorchos al abrelatas, pasando por la navaja y la lima de uñas, que uno fuera capaz de imaginar. La conservaba en el cajón de la mesilla de noche y no había problema doméstico que no se pudiera abordar con ese invento. Pero tanto como unas buenas tenazas o unos alicates universales, le interesaban las enfermedades en general y las de los pies en particular.

Teresa no podría haber tenido, pues, unos padres mejores desde el punto de vista de sus afinidades (con el esperanto no había contado, aunque tampoco le molestaba por lo que tenía de herramienta práctica, de instrumento). Sin embargo, ahora, en el metro, y después de una noche tan rara, le pesaba haber respondido que estaba dispuesto a conocerlos cuando ella quisiera. Quizá había soñado algo trágico. Había sueños devastadores. Recordó la sensación de perder pie, la caída, y el golpe contra el galán, pero no qué había sucedido antes ni después del percance. Entonces volvió a acordarse del perro muerto. Se trataba de un cachorro que había recogido de la calle, por lástima, y que un día del mes pasado, al despertar, había encontrado tiritando de miedo debajo de

la cama, donde murió en seguida como aterrorizado por algo que hubiera visto u olido.

Hizo un trasbordo en Gregorio Marañón y otro en Avenida de América. Tenía también la posibilidad de bajar en Alonso Martí-
nez y desde allí ir directo a Arturo Soria en la
línea 4, pero había que pisar trece estaciones, lo
que temió, en su día, que atrajera la mala suerte a su negocio. Del otro modo, pese a la incomodidad de los dos trasbordos, se ahorraba
cinco paradas. Le había hecho estos cálculos a
Teresa, que solía acudir más tarde que él al
centro comercial, y discutieron sobre si era mejor una cosa u otra. Finalmente, ella aceptó que
eran preferibles los trasbordos, aunque más
por una cuestión supersticiosa que de econo-
mía temporal. A Vicente le dejó esta polémica
un sabor amargo, como si a través de ella hubiera descubierto que las posibilidades existenciales, en la mayoría de las decisiones diarias,
no iban más allá de elegir entre el número de
estaciones o de trasbordos. Pese a su irraciona-
lidad, casi era mejor que intervinieran también
los condicionamientos supersticiosos, que, si
no detenían la mala suerte, hacían al menos
más compleja la determinación.

Dominado por estos pensamientos tur-
badores, llegó a su estación y desde ella se dirigió dando un paseo por Arturo Soria hasta el

centro comercial, la mayoría de cuyos establecimientos todavía estaban cerrados al público. Las empleadas jóvenes de las tiendas de modas iban de un sitio a otro con tazas de café y conversación, saludándose las unas a las otras con una familiaridad contenida.

Su consulta estaba situada en el segundo piso. TALLER DE PIES, rezaba una leyenda escrita con letras verdes, de neón, sobre la puerta. La decisión de señalar el establecimiento de modo tan agresivo había sido difícil, pero no podía anunciarse como podólogo sin riesgo de incurrir en intrusismo, y callista le parecía poco para sus verdaderos conocimientos. TALLER DE PIES era una cosa genérica: podía acudir todo el que tuviera problemas, fueran graves o no. Por lo general, la mayoría de los pacientes se presentaban con síntomas convencionales y bastaba hacerles un arreglo de media hora para que salieran de la consulta más aliviados de lo que habrían sido capaces de suponer antes de entrar.

Su escaparate, adornado con toda clase de plantillas, calzado ortopédico, y reproducciones de pies con patologías diversas, estaba flanqueado por el de una tienda de mascotas vivas ante la que se detenían los niños intentando llamar la atención de los animales, y por el establecimiento de Teresa, que permanecía en obras, sin inaugurar. Ella tampoco tenía título. No era fisioterapeuta ni nada parecido, sino autodidacta, o autóctona, como le gustaba decir en broma, y había tenido algún problema para que le dieran la autorización comercial. Finalmente, se había limitado a poner un cartel que decía MASAJES. Vicente le había sugerido que el anuncio era equívoco, pues un sector de la prostitución se había refugiado bajo este lema, pero ella no le hizo caso. Quizá podría haber añadido el término *terapéutico:* MASAJES TERA-PÉUTICOS, pero detestaba las palabras esdrújulas. Eso dijo para zanjar la discusión.

Aquel día le dio pena entrar en la consulta. Al abrirla, un año antes, había soñado con convencer al mundo entero de la importancia de cuidar los pies. La gente ya había aceptado que era preciso acudir al dentista con regularidad, lo que constituía un progreso. De hecho, la mayoría de los jóvenes llevaban hierros en los dientes. Había días en los que Vicente Holgado contaba el número de bocas con aparatos correctores, asignándole un precio a cada dentadura, y se asombraba de la cantidad de dinero que movía la industria dental. Y eso que la gente sólo tenía una boca. Si hubiera tenido dos, como en el caso de los pies, las cifras de negocio serían astronómicas. Pero no veía por la calle igual número de zapatos ortopédicos, no porque las extremidades necesitaran menos correcciones que los dientes, sino porque la cultura de la salud no había llegado aún a esa zona del cuerpo. Los pies entraban en la consulta con cuentagotas, y a veces de uno en uno, como en el caso del paciente cojo, que por otra parte estaba más interesado en curarse el pie que no tenía que el real. La clínica, en fin, no funcionaba y el banco se resistía a renovar el crédito del que Vicente venía malviviendo. Un día Teresa le había preguntado por qué existía una palabra para designar a los que les faltaba una mano o un brazo (manco, manca) y no para quienes carecían de un pie o de una pierna.

—Por eso mismo —había respondido él—, por la falta de interés en esta zona del cuerpo, que se considera suburbial. Muchas personas creen erróneamente que los acontecimientos orgánicos fundamentales sólo se producen desde las rodillas para arriba.

Tras encender el luminoso, se quitó la chaqueta y se puso una bata de médico con su nombre bordado en rojo en el bolsillo superior. Luego, como no esperaba a nadie, se aplicó a preparar una solución para el paciente del pie fantasma. Esta vez, además de sal y bicarbonato, incluyó una porción de cinc, por experimentar. Era mejor experimentar sobre pies inexistentes que sobre los de verdad y llevaba algún tiempo con la idea de que la solución de cinc producía un efecto anestésico que aún no había ensayado sino en sí mismo. De ahí, pensó, que no le molestara mucho la micosis. A veces soñaba con inventar una medicación secreta que aliviara todo tipo de molestias. Le vendería la fórmula a unos laboratorios japoneses y él dedicaría el resto de su vida a la investigación.

Mientras la solución reposaba, abrió una vitrina donde tenía varios pies de escayola que representaban diferentes patologías, y les fue quitando el polvo uno a uno. Había pies zambos y valgos y egipcios y griegos y agrietados, y para todos tenía una palabra de consuelo. Se trataba de una de las mejores colecciones de pies de escayola existentes en la ciudad, pues no sólo había ido adquiriendo poco a poco los que encontraba en el mercado, sino que él mismo, en un pequeño taller de la trastienda, donde también hacía plantillas clandestinas (carecía de capacitación profesional para ello), había ido creando pies con enfermedades, incluso con enfermedades inexistentes, pues pensaba que más valía prevenir que curar. Entre estos pies irreales le gustaba especialmente uno con una sola uña, muy grande, bajo la que los dedos parecían roedores asustados en su madriguera. Algunos clientes hacían un gesto de repulsa al observar aquellos pies en general tan torturados,

pero no eran capaces de sustraerse a su contemplación, lo que a Vicente le confundía un poco. Ignoraba si era bueno o malo tenerlos a la
vista. Ahora le estaba dando vueltas a la idea
de fabricar un pie con el talón de Aquiles, pero
no se le ocurría cómo simbolizar esa enfermedad. Cuando hacía un pie nuevo, con una pa-
tología inventada, rompía el molde al objeto de
que tuviera un valor de pieza única. Había es-
crito a los responsables de la Facultad de Medi-
cina, invitándoles a acudir con los estudiantes a
ver su colección, pero aún no había recibido
respuesta.

A las once llegó el pie fantasma, colgando de una pierna que, desde la rodilla, era espectral también. La manga del pantalón flotaba en torno a ella y aunque no respetaba su contorno, a veces parecía dibujarlo fugazmente.

—Me ha venido Dios a ver con esta amputación —dijo su dueño abandonando las muletas sobre una silla mientras tomaba asiento en la de al lado—. He conseguido la inutilidad total y una indemnización por tratarse de un accidente de trabajo. Podré dedicarme a lo que me gusta.

—¿Y qué es lo que le gusta? —preguntó Vicente comprobando la temperatura de la solución.

—Los gasterópodos —afirmó su vecino sin apartar los ojos de la vitrina donde estaban expuestos los pies—. Si un día llego a tener una colección de caracoles comparable a la suya de pies, me sentiré feliz.

El callista colocó la palangana con la solución en el suelo y su vecino se remangó la per-

nera del pantalón antes de meter en ella el pie
fantasma.

—¡Qué alivio! —dijo.

—Es que he introducido cinc en la solución —informó Vicente—, tiene un efecto
anestésico que permanece después del baño.

Luego, disculpándose, fue a la trastienda,
y abrió un archivador de madera, del que extrajo
la ficha del paciente. Leyó una vez más, con
aprensión, el diagnóstico, arteriopatía diabética,
y se preguntó si no estaría equivocado. De todos
modos apuntó las cantidades de cinc incluidas
en la nueva solución y regresó a la consulta pro-
piamente dicha, donde en ese instante entraba
una mujer madura, muy atractiva, que regentaba una tienda de moda en el piso inferior del
centro comercial. Llevaba tratándola dos meses
de unas durezas que le brotaban en el empeine.
Holgado las limaba con piedra pómez, pero volvían a reproducirse en seguida, con una obstinación que no acababa de comprender.

Abrió un pequeño biombo tras el que
quedó oculto el paciente del pie fantasma e hizo sentarse a la señora en otra silla, ocupando
él un taburete frente a ella. La mujer llevaba
unos zapatos negros, sin tacón apenas, muy se-
veros, que apartó a un lado después de quitár-
selos. Vicente tomó su pie derecho y lo pasó
de una mano a otra, como quien manipula un

objeto opaco, inexplicable. La paciente percibió sus dudas.

—¿Es grave? —preguntó.

—No —se apresuró él—, es pesado. Quizá te convendría llevar un calzado más deportivo.

Ella arguyó que no podía regentar una tienda de moda calzada con unas playeras y él estuvo de acuerdo.

—Te haré unas plantillas —decidió en voz alta, procurando no titubear, pues tampoco era ortopeda, aunque sabía más que muchos titulados—. Tiendes a colocar el pie de un modo que te produce muchos rozamientos. Con una plantilla le obligaremos a desviarse hacia el lado contrario.

A la paciente le gustó la idea de la plantilla, pero le pidió que le desbastara un poco las durezas y Vicente Holgado accedió a ello, primero con una navaja especial, y después, cuando alcanzó la capa más delicada, con la piedra pómez, que aunque para muchos profesionales era un recurso anticuado, él consideraba insustituible en el tratamiento de la mayoría de las durezas.

Mientras trabajaba en los pies de la señora, que ese día se había puesto unos pantalones negros, de seda, que se cerraban sobre los tobillos con una cremallera tan fina como una cicatriz, el paciente del pie fantasma canturreaba una canción antigua, de la infancia de Holgado, al otro lado del biombo.

—¿Qué tal le va a ése? —preguntó la señora en un susurro.

Vicente hizo con la mano un gesto que indicaba que ni bien ni mal, a lo que ella respondió que los males irreales eran los más difíciles de erradicar. Holgado estaba a punto de explicarle que las cosas irreales también eran reales, pero tuvo miedo de que el paciente les oyera murmurar y se sintiera aludido, así que desvió la conversación hacia otros asuntos. Luego, de súbito, ella miró la hora y dijo que tenía que irse corriendo, pues esperaba un pedido de ropa nueva. Seguiremos mañana. Ya en la puerta, le habló de una proveedora suya, de raza china, que quizá tuviera los pies vendados, porque se movía muy mal.

—A ver si la convenzo de que se quite las vendas y te la mando —dijo—, tiene mucho dinero.

Vicente asintió, dándole las gracias. Había estudiado los efectos óseos de no dejar crecer a los pies, pero no había visto ninguno sometido a esa tortura.

Cerró la puerta, volvió sobre sus pasos y plegó el biombo, apoyándolo en una pared. Luego miró la hora.

—Diez minutos más —dijo al paciente del pie fantasma fingiendo que el tiempo era tan importante como el cinc, quizá lo fuese de todos modos. En cualquier caso, era una forma de aparentar que controlaba la situación.

En eso, apareció Teresa. Se había cambiado de ropa y llevaba el pelo mojado, como si se acabara de lavar la cabeza. Vicente la contempló con asombro, quizá algo enamorado, sorprendido de gustar a una mujer tan deseable.

—Son las once y media y el carpintero no se ha presentado —dijo ella expresando su temor a que las cosas no estuvieran a punto para la inauguración del local. Había enviado ya las invitaciones y contratado un cóctel con una firma de comida preparada.

Mientras hablaba, no podía dejar de mirar el pie fantasma del cojo, hundido en el líquido de la palangana como una tortuga invisible. Vicente hizo las presentaciones y dijo que Teresa era fisioterapeuta, lo que no era verdad, pero le salió así y cuando se arrepintió ya era tarde para rectificar. Ella se inclinó sobre el pie transparente con expresión de interés profesional.

—¿Permite? —dijo tomándolo entre sus manos.

El paciente, halagado, se dejó hacer y respondió a los masajes de ella con expresión de alivio.

—Esto no es una arteriopatía diabética —dijo al fin como si discutiera consigo misma, pero tanto Holgado como el paciente oyeron el desacuerdo con el diagnóstico del callista, lo que produjo en seguida una atmósfera hostil.

—Hay un nervio dañado —agregó con seguridad—. Lo que usted necesita es rehabilitación y masajes. Tiene en el metatarso un segmento insensible.

Vicente intervino para salvar la cara, diciendo que no era incompatible el diagnóstico de Teresa con una arteriopatía diabética, pero que en todo caso había querido que ella lo viera por si consideraba indicado un tratamiento de masajes. Al paciente le gustó la idea de alternar el callista con la fisioterapeuta y Teresa le dio hora para un día de la semana siguiente en que ya estaría abierta la consulta.

Cuando el cojo salió, Vicente estuvo a punto de reprocharle a Teresa la desautorización de que había sido objeto, pero prefirió imaginar que todo aquello sucedía en el interior de un sueño, o quizá de una novela, y decidió actuar con una lógica onírica, para ver qué pasaba. Dijo:

—Nunca creí que padeciera una arteriopatía diabética, pero se trata de un diagnóstico que la gente aprecia mucho porque implica al corazón.

—El corazón —señaló ella— ya no tiene tanto prestigio como antes. Los enfermos prefieren padecer algo de hígado, qué asco de esdrújula.

—En todo caso —añadió Vicente— los órganos impares poseen más crédito que los dobles.

Ella estuvo de acuerdo en que había una pasión por la asimetría que quizá tuviera que ver con la exaltación de la individualidad.

En ese momento el carpintero de Teresa asomó la cabeza por la puerta pidiendo disculpas por el retraso. Ella se despidió comunicando a Vicente que sus padres les esperaban esa noche a cenar.

—Te dije que querían conocerte —añadió en un tono de falsa amenaza, reprimiendo la risa.

Él intentó que quedaran para comer, pero Teresa tenía que hacer cosas fuera del centro comercial durante todo el día.

—Nos veremos a la noche, en casa de mis padres. Sé puntual.

La casa de los padres de Teresa, situada relativamente cerca de la de Holgado, en Hortaleza esquina a María Moliner, era también antigua. El padre regentaba una ferretería situada en los bajos del edificio, en la que su mujer hacía de cajera. El inmueble, pese a su aspecto terminal, transmitía al visitante el sentimiento de haber accedido al interior de una reliquia histórica. El padre de Teresa atribuyó las manchas de humedad del recibidor a la «capilaridad» sin que Vicente Holgado supiera qué quería decir.

Tras las presentaciones, fueron todos a la cocina, para hacer compañía a la madre, que preparaba una cena algo especial. Vicente descubrió en seguida una hilera de hormigas que salía de debajo del fregadero y atravesaba un ángulo de la estancia para desaparecer bajo el lavavajillas. Eran tan pequeñas que no había forma de saber si iban o venían. Se acercó a ellas y las pisó de un modo aparentemente casual o involuntario, como si hubiera sido más una decisión de su zapato que suya. Teresa se dio cuenta y sin llegar a componer un gesto de censura se tensó de un modo perceptible. La madre volvió en ese instante el rostro y dijo que había descubierto debajo de la pila un nido que no se había decidido a exterminar porque le daba lástima.

—Según algunos —añadió—, las hormigas forman una red muy parecida a las que utilizamos para ir a la compra, en cuyo interior, en lugar de una sandía, va la Tierra. Si hiciéramos un agujero lo suficientemente grande, nos caeríamos. Además, no estorban y eliminan los detritus que se cuelan por las junturas de los muebles.

Vicente se avergonzó del aspecto de sus zapatos de cordones, que había olvidado limpiar antes de salir de la consulta, y trató de desviar la atención hacia las zonas altas de su anatomía, pues llevaba una corbata azul, muy cara para sus posibilidades, que había adquirido esa misma tarde en una de las tiendas del centro comercial. Una corbata de médico, pensaba él, o quizá de investigador.

El padre se encontraba sentado en una esquina de la estancia, junto a la mesa, saboreando un vaso de vino mientras revisaba con un destornillador pequeño la articulación de un cascanueces. De vez en cuando, emitía una especie de gemido de satisfacción. Parecía vivir dentro de un mundo propio que compatibilizaba sin problemas con el universo exterior.

Vicente cayó en la cuenta de que era la primera vez que conocía a los padres de una mujer con la que mantenía relaciones y tuvo la impresión de ser por ello más real que nunca. No había imaginado que las cosas evolucionaran de ese modo con Teresa, aunque tampoco le disgustaba. En cierto modo, aquella visita era como penetrar dentro de un microcosmos donde podía observar las costumbres de sus habitantes bajo la apariencia de ser uno de ellos. Tras el primer vaso de vino, tuvo un arrebato de confianza en sí mismo y se sentó de un salto en la encimera, que era un poco alta, por lo que se le quedaron colgando los pies. La familia de ella apreció ese gesto de informalidad, pero él empezó a sentir en seguida que le pesaban demasiado los zapatos sucios y volvió al suelo por el miedo fantástico a que se le desprendieran los pies de los tobillos.

—Podríamos cenar aquí —propuso Teresa dada la naturalidad con que Vicente se había integrado en el grupo familiar.

Los padres se opusieron de un modo retórico, pero las últimas resistencias fueron vencidas cuando el callista aseguró que prefería la sencillez de la cocina a la severidad del comedor. En eso, se oyó el ruido de la puerta de la calle y al poco apareció una joven con un perro diminuto sujeto por una correa de fantasía. Era Julia, la hermana pequeña de Teresa. Vestía chándal y calzado deportivo, como si viniera de correr, y mostraba al hablar un aparato corrector que produjo en Vicente una turbación infinita. Tras saludar a todos de un modo desabrido, transmitiendo la impresión de que el mundo entero y su familia estuvieran en deuda con ella, miró fijamente al callista, como si lo conociera de otra vida, o de otra novela, y luego se retiró con el perrito aduciendo que ese día no le tocaba cenar.

—Además —añadió con la voz quebrada mientras miraba una vez más, llena de asombro, aunque quizá de espanto, al callista—, estoy agotada.

Vicente comprendió de súbito por qué Teresa no era sino un lugar de tránsito hacia otro espacio, llamado Julia, Julia, ahora lo sabía. Un rayo procedente de los ojos de la chica, o de su aparato corrector, le había derribado allí, delante de toda la familia, siendo tan evidente la derrota, o quizá la victoria, que produjo a su alrededor una atmósfera irrespirable.

Tras unos instantes de silencio, la madre de Teresa se volvió a Vicente y le dijo con expresión confidencial:

—¿Se ha fijado en las playeras que llevaba mi hija pequeña? Tienen cámara de aire. Dicen que son muy cómodas, pero a mí me dan un poco de aprensión. Es como si estuvieran dotadas de pulmones. El otro día, al lavárselas, me pareció que respiraban.

—No le digas eso a Vicente, que luego tiene pesadillas con los zapatos, mamá —dijo Teresa con una expresión retórica de alarma, conteniendo la risa, o quizá el llanto.

—Es normal que sueñe con zapatos y con pies —añadió la madre—. Después de todo es callista, ¿no?

—No es por eso —aclaró Holgado—. Es que su hija y yo estamos leyendo una novela en la que los zapatos de un personaje adquieren un poco de vida y ayer soñé que eran los míos.

—A mí no me parece tan fantástico que los zapatos cobren vida —aseguró el padre, que permanecía un poco apartado de los intereses generales—. Muchas veces nos pica el pie y al ir a rascarlo advertimos que lo que nos picaba en realidad era el zapato. Hay gente que lo dice así: me pica el zapato, o me duele el zapato, que viene a ser lo mismo. Las prendas muy cercanas a la piel se encuentran en la frontera misma entre lo biológico y lo inerte, como la estrella de mar está en el límite entre el mundo vegetal y el animal. A veces basta un ligero empujón para que atraviesen la raya. Quizá los zapatos no sean seres vivos, pero tampoco están completamente muertos.

Parecía que le tocaba añadir algo a Vicente Holgado, al menos todos los rostros se volvieron hacia él, pero no fue capaz de abrir la boca fascinado como estaba aún por el rostro de la hermana pequeña y por la descripción posterior, tan orgánica, que la madre había hecho de sus zapatillas de deporte. En cualquier caso, la entrada de Julia con el perro había roto el ambiente de familiaridad anterior y la conversación ya no fluyó de un modo natural hasta que Teresa pidió ayuda a Vicente para poner la mesa e intercambiaron algunas bromas sobre el lugar en el que debía sentarse cada uno. La madre se mostró un poco avergonzada porque su hija había sacado unos vasos de diario en lugar de las copas que guardaba para las ocasiones extraordinarias, aunque en el fondo se percibía en ella el alivio de no haberse visto obligada a exponer a un accidente doméstico la cristalería especial. Una vez puesta la mesa, el callista, que continuaba incómodo por la suciedad de sus zapatos, aunque profundamente enamorado de la hermana de Teresa, pidió permiso para ir al cuarto de baño y el padre dijo en broma que no tenía pérdida.

—Al fondo a la derecha, como siempre.

Aunque el pasillo estaba mal iluminado, Vicente comprendió en seguida la disposición de la vivienda. El salón se encontraba sin duda al otro extremo, muy separado de la cocina, lo que no era infrecuente en las casas antiguas, y entre aquél y ésta se sucedían, a uno y otro lado, las habitaciones. Al pasar por delante del dormitorio principal, cuya puerta permanecía abierta, asomó la cabeza y vio al otro lado de la cama de matrimonio, en actitud acechante, un galán de la misma familia que el suyo del que colgaban unos pantalones de hombre que según la apreciación de Holgado respiraban mal por la bragueta. Están agonizando, se dijo inexplicablemente, y juntó un poco la puerta para proporcionarles una intimidad que no habían solicitado.

Un poco más allá, a la derecha, vio una habitación cerrada de cuya puerta escapaba una línea de luz. Sin duda, era la de la hermana pequeña. La imaginó leyendo en la cama o desprendiéndose del corrector de dientes y fue víctima de una pasión que hasta entonces no había conocido. Iba, imprudentemente, a mirar por el ojo de la cerradura, cuando la propia excitación le obligó a continuar con cara de loco hacia el cuarto de baño, cuya puerta se distinguía de las otras por estar formada de pequeños cuadros con cristales esmerilados.

El cuarto de baño era grande. La bañera se apoyaba en el suelo sobre las patas forjadas en hierro de un animal indeterminado, quizá un león, y sobre el lavabo, muy antiguo también, había un gran espejo cuyo marco presentaba algunas manchas de óxido. En una de las paredes, sobre el bidé, colgadas de una hilera de perchas, había varias batas que parecían pertenecer a una especie en extinción, de ahí quizá ese estado de alerta que el callista creyó percibir en el conjunto. Se abrazó a una de ellas, la que consideró de Julia, y mientras permanecía absorto unos instantes, con la mirada en el suelo, descubrió, de súbito, el cadáver del perro de la hermana pequeña tras el pie del lavabo.

No obstante, continuó actuando con naturalidad en la esperanza de que se tratara de una alucinación que desaparecería la próxima vez que fijara la vista en aquel rincón. La próxima vez que mire, se decía, ya no estará, pero volvía a mirar y el perrito muerto continuaba en su sitio. Era evidente, pues, que estaba allí, de modo que había que enfrentarse a la realidad y tomar decisiones. Primero, se agachó y tocó el cadáver con aprensión, para cerciorarse de que no estaba dormido. Entonces vio, frente al animal, un par de zapatos agrietados, negros, muy negros, con algo de tacón, que atribuyó a la madre de Teresa, cuyos torturados pies había observado disimuladamente en la cocina. Comprendió, pues, que el perro había muerto de pánico e, incomprensiblemente, atribuyó el crimen a los zapatos. Luego, al tomar uno de ellos con cierta repugnancia, le pareció advertir en él los restos de una actividad biológica reciente.

Su primera intención fue la de salir y anunciar el descubrimiento, pero además de que eso arruinaría la cena, recordó que ya le había contado a Teresa el fallecimiento de su propio perro también en extrañas circunstancias. Podría pensar que era él el que los mataba. Había locos de esa clase y para liquidar a un animal tan pequeño no había más que aplicarle una toalla al hocico durante dos minutos. Pero más que el juicio de Teresa, temía el de la hermana pequeña, de cuya totalidad, aparato corrector incluido, acababa de enamorarse.

Entre tanto advirtió que transcurría el tiempo y para dar sensación de actividad, mientras tomaba la decisión de regresar a la cocina como si no hubiera visto nada (bastaría mover un poco el cadáver para que quedara casi completamente oculto por el pie del lavabo), abrió el grifo, humedeció un trozo de papel higiénico y lo pasó por los zapatos, para hacer lo que en realidad le había llevado al cuarto de baño. Luego lo arrojó al retrete y tiró de la cadena. Una mosca sobrevoló su cabeza y fue a depositarse sobre uno de los cuatro cepillos de dientes que sobresalían de un vaso de plástico verde. Vicente Holgado la espantó con la mano y entonces se dio cuenta de que la cisterna no había cerrado bien después de que él la usara, por lo que tiró del dispositivo varias veces hacia arriba dejándolo caer con distintos grados de violencia en la confianza de que acabara encontrando su postura. No fue así. Daba la impresión de que el tirador se hubiera desenganchado del resto del mecanismo. Levantó con cuidado la tapa e intentó comprender lo que sucedía dentro, pero nada le era familiar, de modo que lo dejó como estaba.

Para entonces tenía ya la espalda empapada en sudor y el rostro impregnado de pánico, según pudo advertir al verse en el espejo. No sabía el tiempo que llevaba fuera de la cocina, pero le pareció excesivo dejar detrás de sí un animal muerto y una cisterna estropeada, de manera que tomó entre dos dedos el cadáver diminuto y salió con él al pasillo. Afortunadamente, había desaparecido la raya de luz de debajo de la puerta de la hermana pequeña. Caminó con sigilo hasta el dormitorio principal y separando la puerta que él mismo había entornado unos momentos antes, entró en la habitación y abandonó el perro muerto debajo de la cama, empujándolo con el pie hacia el interior, sin dejar de escuchar la respiración agonizante de los pantalones, que aún no habían expirado. Luego, sin dar la espalda al galán, abandonó la estancia y caminó hasta la cocina intentando recuperar el aplomo en tan breve espacio.

Cuando entró, la madre avanzaba hacia la mesa con una enorme fuente de caracoles humeantes, mientras el padre y Teresa hacían sitio urgentemente, pues por la expresión de la mujer el barro le quemaba las manos, pese a llevarlas protegidas por unas grandes manoplas de cocina. Nadie, pues, se fijó en él de un modo especial, lo que le ayudó, junto a un vaso de vino bebido con cierta ansiedad, a recuperar el aplomo.

—Son la especialidad de la casa —dijo el padre señalando los caracoles con orgullo.

Vicente, que estaba deseando encontrar un tema de conversación tras el que ocultar su desasosiego, se acordó entonces del paciente del pie fantasma, cuyo sueño era dedicarse al estudio de los gasterópodos, y narró el encuentro de esa mañana entre él y Teresa.

—Le ha dado un masaje en el pie que no tiene —añadió intentando provocar algo que le hiciera olvidarse del perro muerto y de la cisterna estropeada.

A la madre de Teresa no le gustó que su hija diera masajes a miembros inexistentes (tienes que tener los dos pies en el suelo, afirmó dirigiéndose a ella mientras extraía de su concha, con un palillo de dientes, un caracol), pero estuvo de acuerdo con Holgado en que los comienzos profesionales eran difíciles y no siempre se podía escoger. Teresa estaba sombría e intentó desviar la conversación, pero el callista se dio cuenta de la incomodidad que había creado en el ambiente e insistió en el asunto con un poco de crueldad, para vengarse de la desautorización de que había sido objeto esa mañana por parte de ella, y quizá de la situación de angustia que ahora estaba viviendo él, aunque de eso no tuviera nadie la culpa, a excepción de Julia, la hermana pequeña, con aquella hermosa herramienta dentro de la boca. Entonces el padre volvió a abandonar las regiones interiores en las que parecía habitar, y enternecedoramente molesto aseguró que lo que más le gustaba a él de los caracoles era la salsa, en la que mojó un trozo de pan con el que manchó el mantel, al objeto de que se dejara de hablar de aquellos miembros fantasmas.

Conmovido por las muestras de angustia familiar, y culpable aún por la serie de catástrofes domésticas que habían coincidido con su presencia en el cuarto de baño, Vicente abandonó su frenesí vengador y explicó a su anfitriona el funcionamiento del falso pie de los cara-

coles, recorriendo con la punta de un palillo
de dientes los contornos de uno antes de lle-
várselo a la boca.

—En realidad —dijo—, si usted se fija
bien, es una especie de suela de zapato en mi-
niatura. Precisamente, estoy dándole vueltas a
la idea de diseñar una plantilla flexible, de aspecto biológico, semejante a la suela reptadora
del caracol, que se adapta a todos los terrenos.

Durante un rato todavía, Vicente se em-
peñó en llevar la conversación al terreno de los
pies, que era donde más seguro se sentía, para
seducir a los padres de Teresa (y de Julia, de Julia, desde luego) de forma que ella pudiera sentirse orgullosa de él. Pero la madre no padecía
de los pies, sino de la cabeza, y al final logró
imponer sus intereses.

—Sufro migrañas con compañía —di-
jo, explicando que se llamaban así porque aparecían siempre rodeadas de otros síntomas—.
Antes de que me duela la cabeza empiezo a ver
luces periféricas que se desplazan si muevo los
ojos, de manera que nunca consigo apreciarlas
más que de un modo lateral. Es lo que llama-
mos el aura. Luego, la realidad pierde profundidad y lo veo todo en el mismo plano, como
si fuera una pintura. A continuación se me
pone la lengua gorda y en lugar de decir lo que
quiero digo lo que quiere ella. Por ejemplo, el

otro día iba a decirle a mi marido que me dolía la cabeza y en lugar de eso le dije que me
dolía la mostaza.

—Pero lo normal no es que diga dispa-
rates —intervino Teresa—, sino que hable en
un idioma desconocido.

Entonces terció el padre para puntuali-
zar que bajo esos estados no era raro que su
mujer se manifestara en esperanto.

—Mi suegro —añadió— fue un gran
esperantista. Escribió un libro de gramática que
tenemos en el escaparate de la ferretería.

La conversación adquirió entonces un
tono misterioso. Nadie lo expresó claramente,
pero tanto Teresa como su padre dieron a entender, o eso le pareció a Holgado, que esperaban recibir un mensaje en esperanto transmiti-
do a través de la boca de la madre.

Al poco, la conversación dejó de fluir
una vez más. Vicente se había acordado de nuevo del perro muerto y de la cisterna rota, y se
puso pálido, quebrando la atmósfera de intimidad creada en torno al esperanto. Durante el
resto de la cena fueron de un asunto a otro sin
quedarse en ninguno. En algún momento, al
callista le pareció percibir que esperaban de él
una manifestación que aclarara sus relaciones
con Teresa. Y no le habría importado hacerla.
Aún más: lo estaba deseando si eso contribuía

a aminorar el escándalo que sin duda se tenía que producir cuando descubrieran el cadáver del perro. Pero ignoraba qué debía decir. Una petición de mano estaba a todas luces fuera de lugar y las alternativas que le pasaban por la cabeza le parecían impúdicas. ¿Existía entre lo íntimo y lo público un término medio que él ignoraba?

Tras los postres, cuando se encontraban tomando el café y Vicente Holgado tenía ya un pie fuera de la mesa para salir corriendo, apareció en el marco de la puerta la hermana pequeña con gesto soñoliento y sin aparato dental, envuelta en una de las batas de baño en peligro de extinción (no a la que se había abrazado él, por desgracia), para informar con aspereza de que alguien había estropeado la cisterna del retrete y el ruido no la dejaba dormir.

—A lo mejor he sido yo —balbuceó Vicente cuando los rostros de la familia se volvieron hacia él.

La hermana pequeña le lanzó una mirada enigmática y luego se asomó detrás de la puerta, como buscando algo, mientras preguntaba si alguien había visto a su perrito.

—Por aquí no ha aparecido en toda la noche —aseguró la madre—. Mira en el salón, le gusta esconderse debajo del aparador.

Vicente continuó empalideciendo de tal modo que el padre de Teresa se vio en la obli-

gación de tranquilizarlo asegurándole que el mecanismo de la cisterna estaba de todos modos
a punto de fallar.

—Llevo varios días queriendo cambiar-
le el flotador, pero no he tenido tiempo. Si me
echas una mano, lo hacemos ahora mismo.

El hombre se levantó y Vicente Holga-
do dudó hasta volver la vista a Teresa, de quien
recibió una orden muda, de modo que finalmente fue tras él como un náufrago detrás de
una tabla.

—Tendremos que bajar un momento a
la tienda para coger la pieza —dijo el hombre
una vez que se encontraron en el pasillo.

Bajaron andando al portal del edificio
desde donde se accedía a la ferretería a través de
una puerta pequeña, con el barniz muy dañado,
situada bajo el arranque de la escalera. Al abrirla, salió de la estancia un olor a herramienta que
a Vicente le pareció muy protector por asociarlo
oscuramente a la prótesis que llevaba Julia, la
hermana pequeña, dentro de la boca. Aun antes
de que el padre de Teresa encendiera las luces,
supo que se encontraba en el interior de un establecimiento con una personalidad que su TALLER
DE PIES estaba todavía muy lejos de alcanzar. Si
en ese instante le hubieran preguntado cuál era
su modelo de tienda, incluso su modelo de
vida, habría respondido sin titubear que aquél.

—Nunca habría imaginado —dijo con verdadera emoción— que el acero o el hierro despidieran este olor tan agradable.

—No son los metales nada más —añadió el padre de Teresa—, sino la parafina que protege algunas herramientas, y la grasa que ayuda al funcionamiento de otras. También hay mucho cobre y alguna pintura, pero llevas razón: el conjunto resulta agradable. Apetece que una ferretería huela a ferretería. De tu establecimiento, en cambio, no estaría bien visto que oliera a pies.

Los dos hombres rieron brevemente sin dejar de avanzar por la trastienda, entre pasillos formados por estanterías antiguas, de madera, donde las mercancías se almacenaban de acuerdo a una pauta desconocida para Vicente Holgado, pues no respondía a los criterios de clasificación comunes, aunque debía de ser enormemente funcional por la descripción que el ferretero iba haciendo de los productos a medida que avanzaban. La pieza de la cisterna estaba en un pequeño apartado de fontanería que constituía una isla temática dentro de aquel conjunto en apariencia caótico.

—En general, no me gusta el saneamiento, pero hoy día tienes que tener un poco de todo —dijo—. Con la moda del bricolaje la gente se atreve ya a cambiar la grifería de su casa y hasta a emprender por su cuenta pequeñas obras de fontanería. Aquí está el Fluidmaster. Es lo último en flotadores para cisternas. ¿Qué te parece el establecimiento?

Vicente Holgado, apoyado en el mostrador, observaba con admiración la trastienda, que era grande, de techos altos, y estaba recorrida por un laberinto de pasillos repletos de mercancías almacenadas en cajas de cartón y con las etiquetas escritas a mano. Todo, incluso la madera, que abundaba mucho, había adquirido con el tiempo el semblante del hierro, cuyas limaduras se adherían a los dedos al pasar la mano por el mostrador.

—Es magnífico —dijo con sinceridad mirando a uno y otro lado, como si intentara captar la esencia o el secreto de aquella disposición.

El ferretero, halagado, se colocó junto a él y ambos se quedaron contemplando la estancia vacía como quien observa las particularidades arquitectónicas de una catedral.

—Éste es uno de los pocos negocios con el que no podrán las grandes superficies ni los centros comerciales —dijo—. Cuando la gente viene a comprar un tornillo, suele traer la tuerca en la que quiere enroscarlo y necesita comprobar que se lleva la adecuada. Te sorprendería oír las preguntas de nuestros clientes. Hay días en los que esto parece un consultorio médico más que una ferretería. No basta con vender el producto, has de mostrar a los pacientes, perdón, a los clientes, cómo se encaja una cerradura en el marco de la puerta, cuál es el taco adecuado para colgar una lámpara del techo, cómo cambiar la zapata de un grifo que gotea. La gente te describe las pequeñas heridas que sufren sus armarios, sus enchufes de la luz, sus cisternas, las puertas de sus hornos, y tú tienes que prescribir el tratamiento adecuado para cada uno de estos males. Si te gusta, se trata de un negocio apasionante.

Vicente Holgado estaba atónito, quizá envidioso, por las posibilidades de aquel espacio en el que, al contrario que en su consulta, pensó que estaría entrando gente todo el rato.

—Incluso si en lugar de tener una vocación médica, como yo —añadió el padre de Teresa, aunque también de Julia—, tienes un temperamento artístico, la ferretería constituye un lugar privilegiado. Se lo decía a mi hija pequeña, Julia, la del perrito, durante una temporada en que quiso ser escultora: diseña herramientas. No conozco mejor escultura que una llave inglesa. Fíjate.

El hombre se introdujo en uno de los pasillos y regresó al poco con una enorme llave que mostró a Vicente Holgado con fervor religioso. Éste la tomó entre sus manos y movió respetuosamente la rueda sorprendido por la precisión con que su giro repercutía en la boca de la herramienta, cuyos labios se abrían o cerraban en respuesta al estímulo. Parecía una boca dotada de un poder sobrenatural a punto de ordenar que se hiciera la luz.

—Si las herramientas hablaran —dijo el padre de Teresa—, hablarían en esperanto.

—¿Por qué? —preguntó Vicente.

—Porque esta lengua representa la nostalgia del idioma único. El que poseíamos antes de intentar construir la Torre de Babel y Dios confundiera nuestras lenguas. Con el esperanto y la precisión de las herramientas actuales, ahora sería posible construir esa torre sin ningún problema. Quizá lo hagamos.

A Vicente le pareció que el hombre le proponía algo, o que quizá estaba a punto de introducirle en un misterio, pero no lograba concentrarse del todo en el placer que le proporcionaba aquella visita porque de vez en cuando se acordaba del perro de la hermana pequeña, y aunque procuraba tranquilizarse con el argumento de que él no guardaba ninguna relación con su muerte, el hecho mismo de haber ocultado el cadáver en el dormitorio de los padres le producía una sensación de culpa de la que no se podía desprender. Pero era sobre todo el recuerdo de haberle contado a Teresa esa mañana sus relaciones con el espacio situado debajo de la cama lo que le preocupaba: no era fácil explicar la coincidencia de que el perro de su hermana fuera a morir allí donde había fallecido también el suyo. ¿Cómo era posible cometer tantas torpezas en tan poco tiempo?

Mientras atendía al padre, calculó que quizá sería mejor hacer desaparecer el cadáver del animal si cuando llegaran arriba no lo hubieran encontrado. Se trataba de un bicho pequeño, del tamaño de un pie. Podía meterlo en cualquier sitio... Entonces, tuvo una idea.

—Necesito una caja de herramientas —dijo dirigiéndose francamente al padre de Teresa—, pero nunca he sabido con qué criterio rellenarla. Hay tantas formas de alicates, de destornillador, tantas clases de limas y de sierras... Hace poco vi una especie de mango multiusos del que salían toda clase de herramientas, pero no me atreví a comprarlo por si luego se convertía en uno de esos juguetes inútiles que dan vueltas por las casas. Si me orientaras un poco, estaría dispuesto a hacer una modesta inversión ahora mismo.

El hombre se mostró dispuesto a ayudar y le instruyó sobre las mejores marcas y las herramientas esenciales para el ámbito doméstico mientras rellenaba una pequeña caja me-

tálica, de dos pisos, que para alivio de Vicente
se negó a cobrar.

—Yo te he colocado lo esencial. Si quieres ir enriqueciéndola, lo haces con tu propio
dinero.

Vicente le pidió una bolsa grande, de
plástico, que había visto debajo del mostrador,
para guardar a su vez la caja y con ella en la mano, más tranquilo, se refirió a la paz que se res-
piraba en el interior del establecimiento. Luego
miró al techo y le sorprendió que los tubos de
neón, desde los que se derramaba una luz cruda
y blanca, resultaran tan hermosos en el ámbito
de la ferretería estando ya tan desprestigiados
en el comercio en general.

A un movimiento del padre de Teresa,
los dos hombres comenzaron a salir de la tienda. Ya en la escalera, mientras subían a pie
hacia el piso, el ferretero preguntó a Vicente
Holgado su opinión sobre el futuro del centro
comercial de Arturo Soria donde él tenía su
consulta de callista y su hija estaba a punto de
inaugurar un centro de masajes.

—Me he preguntado a veces —aña-
dió— si sería un buen sitio para abrir un negocio
de reparación rápida del calzado. Las inversiones
en maquinaria no son muy altas y basta un em-
pleado sin cualificación para llevarlo. Además, se
puede combinar con la copia de llaves y la rotu-

lación de carteles. Es un negocio periférico al de la ferretería, pero tiene también menos riesgo.

Vicente Holgado pensó que le estaba haciendo una proposición que en otras circunstancias habría aceptado sin dudar, pero se limitó a responder que unas tiendas iban mejor que otras, aunque la salud media del centro era buena. No quiso referirse a su caso, por miedo a parecer menesteroso. El padre, en confianza, le agradeció que le hubiera enviado el primer paciente a su hija, aunque se tratara de un enfermo con un solo pie, y bajando la voz dijo que no creía en el negocio de los masajes.

—Personalmente —añadió— hubiera preferido que Teresa se dedicara al utillaje, pero es muy terca y no siempre hace lo que le conviene. Su madre y yo le hemos dicho que podemos ayudarla hasta un punto, pero tendría que empezar a definirse, pues ya no es joven. Para ser franco, ya no sois jóvenes ninguno de los dos.

El callista pensó que el ferretero estaba provocando el tipo de conversación que él había temido y esperado a la vez. Había evitado subir en el ascensor, sin que él comprendiera entonces por qué, y ahora se encontraban detenidos en un descansillo de la escalera, para tomar aire, sin que Vicente fuera capaz de añadir nada a aquella consideración. De otro lado, imaginó a Teresa hablando de él al mismo tiempo con su madre y se dijo esto es la realidad. Y no era tan mala como había creído en otras ocasiones. Se sentía protegido por el ambiente, incluso por el ferretero, que parecía un hombre bondadoso. Además, estaba la hermana, a la que tendría siempre al alcance de la vista si formalizaba sus relaciones con Teresa. Mientras pensaba qué decir, leyó el nombre de la pieza de la cisterna que el hombre llevaba en la mano, dentro de una caja de cartón, y ponía, en efecto, Fluidmaster. Hasta entonces creía haber oído mal. No entendía por qué la pieza de una cisterna tenía que tener un nombre americano, aunque quizá fuera esperanto.

—¿Cómo se diría Fluidmaster en esperanto? —preguntó.

—¿En esperanto? No tengo ni idea.

Vicente Holgado logró llegar al piso sin haber dicho nada excesivamente comprometor para él, dadas las circunstancias. Al entrar en la cocina, y tras deducir por la expresión de los rostros que el perrito muerto continuaba sin aparecer (la hermana pequeña había abandonado la búsqueda, regresando a la cama), levantó la bolsa que llevaba en la mano y dijo a Teresa con expresión de conquista:

—Tu padre nos ha regalado una caja de herramientas.

La utilización del «nos» fue calculada y resultó eficaz. Ahora sólo tenía que ver el modo de llegar con la bolsa al dormitorio de los padres e introducir en ella el pequeño cadáver sin ser atacado por el galán. En los pantalones agonizantes no quiso ni pensar para no aumentar las dificultades.

—Bueno —dijo el ferretero sacando el Fluidmaster de la caja de cartón, que abandonó junto al cubo de la basura—, nosotros vamos a arreglar la cisterna mientras vosotras habláis de vuestras cosas.

—Yo me llevo la caja de herramientas —añadió Holgado—, para estrenarla.

El padre de Teresa sonrió condescendiente ante lo que parecía la ingenuidad de un aprendiz y ambos hombres salieron al pasillo oscuro desde el que alcanzaron el cuarto de baño, donde lo primero que hizo el ferretero fue cortar la llave de paso del agua, situada junto al bidé, cesando en el acto el estrépito que provenía del interior de la cisterna. Luego salió un momento y regresó con su propia caja de herramientas, que era de madera y tenía el tamaño de un ataúd pequeño, sin asa, por lo que era preciso llevarla bajo el brazo.

—Cierra la puerta —dijo el hombre tras depositar la pesada caja sobre la taza del retrete—, no vayamos a despertar a Julia otra vez con todo este jaleo.

Vicente cerró la puerta con una mano, manteniendo en la otra la bolsa de plástico con su pequeña caja de herramientas, y entonces vio la misma mosca de antes detenida sobre uno de los cepillos de dientes, llevando a cabo una actividad microscópica encima de él. Como un hombre en la luna, pensó. Después observó las batas amenazantes dispuestas en hilera, sobre el bidé, y a continuación los zapatos agrietados que había descubierto junto al cadáver del perrito. Esto es la realidad, volvió a decirse. Pero inmediatamente se dio cuenta de que era la una de la madrugada y que se hallaba en un cuarto de baño ajeno al suyo, empeñado en la reparación de una cisterna con un hombre al que apenas conocía, mientras esperaba el momento de acercarse a escondidas al dormitorio principal de la casa, para hacer desaparecer el cadáver de un perro. Y todo por haberse enamorado de una joven con prótesis dental. Esto no puede ser la realidad, rectificó.

—Lo que te decía —afirmó en ese instante el padre de Teresa sacando la boya del interior de la cisterna, cuya tapa había colocado cuidadosamente a un lado, sobre el suelo—. La articulación de la barilla está podrida y se ha desprendido. No importa, ya estaba amortizada. Además, estos sistemas se han quedado obsoletos. El Fluidmaster es más eficaz, más silencioso, te permite regular la cantidad de agua que entra y es prácticamente eterno.

Vicente Holgado tomó el aparato llamado Fluidmaster entre sus manos, sin llegar a comprenderlo, pero sí entendió, en cambio, que para el padre de Teresa aquella actividad representaba algo más que un simple arreglo doméstico. El modo en que desarmaba y armaba, introducía una u otra herramienta, aceleraba la cicatrización de las junturas con un hilo blanco, aislante, al que llamó Teflón, o algo parecido, hacía sugerir que reparaba un herida propia más que un mecanismo exterior a él. El éxito del bricolaje, pensó, estriba en que se nos da la oportunidad de reparar fantásticamente nuestra existencia una y otra vez. Y recordó la pasión con la que él mismo hacía pies de escayola, como si su manufactura significara la construcción de articulaciones entre zonas de sí mismo que permanecían separadas.

—El mecanismo de una cisterna —dijo el padre de Teresa invitándole a asomarse al interior— es diabólico. La vocación de la cisterna es desbordarse y gracias a ese deseo comienza a llenarse sin advertir que, a medida que el agua sube, asciende con ella esta especie de flotador, ¿no ves?, que cierra el grifo poco a poco, para que ella no se entere. Y en un momento determinado, cuando el agua alcanza el nivel que nosotros hemos decidido, no el que ella desea, ¡zas!, se cierra. Su ambición cierra el grifo, pero sin ambición ni siquiera empezaría a llenarse. La mata lo mismo que le hace vivir, como a tantos de nosotros. Lo que te digo: un mecanismo diabólico, perverso. Espera a verlo funcionar.

El callista se quedó fascinado, en efecto, por la interpretación que el ferretero hiciera de aquel drama mecánico, pero empezó a preocuparse por el paso del tiempo.

—Hazme un favor —dijo en ese instante el padre de Teresa—, ve a la cocina y dile a mi mujer que te dé un punzón que suele haber en el cajón de los cubiertos, ella sabe cuál es. Hay que rascar un poco aquí y con los que tengo en la caja no llego, son muy cortos.

Vicente Holgado salió sin decir nada, casi sin respirar, con su bolsa de plástico en la mano y cerró tras de sí la puerta. El pasillo estaba silencioso y oscuro, como era de esperar por otra parte. La habitación de la hermana pequeña permanecía cerrada y no se advertía ninguna raya de luz que hiciera temer que se encontrara despierta. Habría dado la vida por acostarse a su lado o, mejor, por meterse debajo de su cama, pero del fondo del pasillo salía la claridad de la cocina, alumbrada con tubos de neón, y de allí procedían también algunos ruidos ocasionales de platos o vasos que tropezaban entre sí, como si Teresa y su madre continuaran recogiendo los cacharros de la cena. Vicente aguzó el oído y oyó a las dos mujeres hablar como en un murmullo. No había peligro. Avanzó, pues, en dirección a la cocina y al alcanzar el dormitorio principal empujó un poco la puerta. Tras unos segundos de espera, divisó el bulto del galán, aunque no oyó los estertores de los pantalones. Quizá hubieran fallecido ya, pensó, de modo que el mueble estaría devorando el cadáver y no se ocuparía de él. Dio un par de pasos, o tres, hacia el interior y se agachó junto a la cama, buscando a tientas al animal donde calculaba que lo había abandonado sin dejar de temer el momento de entrar en contacto con su cuerpo. De súbito notó en la mano un roce, y la cerró sobre lo que creía que era el perrito, aunque extrajo una zapatilla vieja, de cuadros, muy familiar, pues se parecía a las que él mismo usaba para andar por casa. Abandonándola a un lado, volvió a introducir el brazo hasta el hombro debajo del somier y tocó algún zapato más antes de reconocer el cuerpo del perro, en torno al cual parecía haberse congregado todo el calzado que había debajo de la cama, como un grupo de pequeños roedores alrededor de un mamífero muerto. Lo sacó con prevención dejándolo caer en seguida en el interior de la bolsa de plástico, junto a la caja de herramientas. Luego salió al pasillo y tras sacudirse los pantalones y quitarse el sudor de la frente con la mano libre, se dirigió a la cocina aparentando naturalidad.

—Que me des un punzón largo que hay en el cajón de los cubiertos —dijo en dirección a la madre, tuteándola quizá por primera vez en toda la noche.

Teresa se rió de él al verle ir de un lado a otro con la bolsa de plástico en la mano.

—Puedes dejar aquí la caja de herramientas, hombre, no te la va a robar nadie.

—Por si acaso —dijo Vicente y abandonó la cocina con el punzón en una mano y la bolsa en otra, dirigiéndose rápidamente al cuarto de baño, para recuperar el tiempo perdido en el dormitorio.

El ferretero limpió con el punzón los alrededores de la salida del agua al interior de la cisterna, donde se había depositado una cantidad excesiva de cal, e inmediatamente enroscó a ella el Fluidmaster, incorporándose con expresión satisfecha. Alrededor de la taza del retrete habían quedado esparcidas dos llaves inglesas, un par de alicates, tres destornilladores y un rollo de aquella cinta plástica, cicatrizante, que llamara Teflón, o Teflán, no recordaba bien.

—Ahora vamos a probarlo —dijo y se inclinó sobre la llave de paso situada junto al bidé. En seguida, comenzó a percibirse una actividad ruidosa dentro de la cisterna.

—Deja la bolsa ahí un momento y acércate —añadió el ferretero.

Vicente Holgado comprendió que aquel empecinamiento en no desprenderse de la bolsa ni un solo instante podría acabar resultando sospechoso y la abandonó momentáneamente al lado de la puerta, dirigiéndose luego a contemplar el drama que sucedía en el interior de la cisterna.

—Mira —dijo el ferretero.

Vicente se fijó y vio, en efecto, que a medida que el nivel del agua ascendía iba subiendo con ella, traicioneramente, un flotador que cerraría dramáticamente el grifo en el punto señalado por el padre de Teresa. Pero el verdadero drama sucedió fuera, y al abrirse la puerta del cuarto de baño, en cuyo marco apareció la hermana pequeña dentro de un pijama de hombre, sin el aparato corrector, y expresión de fastidio.

—¿Se puede saber qué es todo este lío?

Vicente Holgado miró en dirección a la bolsa de plástico con tal mueca de horror que llamó la atención de Julia sobre ella. La chica se inclinó un poco y al percibir algo raro separó sus bordes. Dijo:

—¿Qué es esto?

Su incredulidad frente a lo que creyó ver dentro ni siquiera le permitió imprimir un tono de asombro a la pregunta.

—Una caja de herramientas —respondió, pues, el ferretero con naturalidad.

Pero ya la hermana pequeña había introducido la mano en la bolsa y ya extraía el cadáver del perrito estallando en el interior del cuarto de baño un fragor silencioso que al alcanzar cierto nivel liberó un grito que atravesó primero la cabeza de Vicente Holgado y luego recorrió el pasillo para salir fuera, a la calle, y recorrer las gala-

xias hasta rebotar en los límites del universo y regresar al cuarto de baño en cuestión de décimas
de segundo. Con la eficacia de la cámara lenta,
aparecieron en la puerta, al cabo de una modesta
eternidad, Teresa y su madre, que contemplaron
incrédulas al perro, cuya apariencia era la de un
cuero cabelludo recién arrancado, un trofeo inverso, en fin, que la hermana pequeña mantenía
en alto con una mano mientras se mordía la otra
con desesperación sin dejar de acusar a Vicente
Holgado con la mirada.

El callista tuvo envidia del cadáver del
animal. Eligió ser él, pero transcurrido un tiempo razonable, si se podía llamar tiempo a aquello que no dejaba de atravesarle con lentitud el
pecho, advirtió que continuaba siendo él mismo, y no dejó de serlo mientras apartó los cuerpos que se le interponían y salió corriendo al
pasillo, desde donde ganó la puerta de la casa
mientras escuchaba tras de sí los gritos de la madre que le decía algo que no entendió, seguramente en esperanto.

Y continuaba siendo Vicente Holgado,
Vicente Holgado, un callista fracasado, cuando
algo más tarde, una vez que el tiempo recuperó
la elasticidad que le era propia, abrió la puerta
de su propia casa y entró en ella convencido de
ser el monstruo de debajo de la cama, de debajo de todas las camas, que tras violar la prohibi-

ción de abandonar su guarida había sido descubierto por aquella familia de ferreteros cuya bondad había estado a punto de rescatarle de su inhumana condición. Quizá no debería hacer más excursiones a la realidad, se dijo ya en la cocina de la vivienda, frente a un vaso de agua que le ayudó a recuperar el aliento. Después alcanzó el dormitorio y se echó vestido sobre la cama sin dejar de hablar consigo mismo, buscando y rechazando soluciones, planificando un futuro en ruinas. El recuerdo de Teresa, pero sobre todo el de su hermana, le ardía en el pecho de un modo que no habría sido capaz de imaginar antes de perderla, de perderlas. Cada vez que la desesperación alcanzaba un extremo insoportable, retrocedía un poco imaginando explicaciones, reconciliaciones, arreglos. Pero apenas comenzaba a funcionar el alivio cuando el desasosiego se imponía de nuevo y con mayor crueldad que antes de que funcionara el lenitivo.

En esto, le pareció oír el sonido de una llave al penetrar en la cerradura de la puerta de su piso. De inmediato pensó que la única persona, además de él, que tenía esa llave era Teresa. No podía tratarse de otra persona, pues. Quizá volvía a pedirle explicaciones o quizá a perdonarle, pero volvía en cualquier caso, y él, en lugar de esperarla o de salir a su encuentro, se incorporó espantado y luego se introdujo debajo de la cama, desde donde escuchó los pasos de ella a través del pasillo.

—¿Vicente? —dijo en seguida Teresa asomándose al dormitorio, encendiendo la luz con precaución—. ¿Vicente?

Pero Holgado no estaba. Entonces el monstruo de debajo del somier vio los zapatos y los tobillos de ella dirigiéndose con desaliento hasta el borde de la cama, donde la mujer se sentó y se puso a llorar. El callista, asustado, comprendió que había vuelto al sitio del que no debía haber salido y contuvo la respiración, ejercitándose en el aliento silencioso característico de los fantasmas.

Los pies de Teresa, todavía dentro de sus zapatos de tacón, estaban tan cerca de él que podría haberla tomado de los tobillos y arrastrarla a su dimensión. Pero ella se habría resistido sin duda, habría gritado, pues pertenecían a naturalezas diferentes. Mientras Holgado se hacía estas consideraciones, unas bragas blancas cayeron sobre los tobillos de la mujer, donde permanecieron hasta ser liberadas por una mano que, tras guardarlas en uno de los zapatos, empujaron éstos debajo de la cama. Vicente Holgado contempló espantado cómo el zapato comenzaba a absorber la prenda interior cuando sintió en sus propios pies algo que tiraba de él alejándolo de la realidad, obligándole a pasar por debajo de innumerables camas, como en un trasbordo infinito que le condujo al fin a la habitación de la hermana pequeña, Julia, o quizá eso es lo que él creía en su delirio. Y en ese instante, antes de adquirir la textura definitiva de un fantasma, comprendió por qué aquella misma mañana le había llamado tan poderosamente la atención el aro de metal alrededor del sumidero del lavabo. Ese aro era la promesa de la boca de la hermana pequeña cuyo jadeo aterrorizado le pareció escuchar al otro lado del colchón.

Cuatro

Teresa no advirtió que debajo de la cama se encontraba el cadáver de Vicente hasta que tres días después de que hubiera desaparecido, dominada al poco de acostarse por una intuición áspera, se incorporó con expresión de espanto, encendió la luz de la mesilla, y al asomarse al hueco tenebroso descubrió un cuerpo que no podía ser sino el de Holgado.

Así al menos se lo refirió a la juez Elena Rincón, que levantó el cadáver y le tomó la primera declaración. La magistrada había perseguido, enloquecida, a la mujer llamada Teresa, Teresa Albor, en el metro; luego la había buscado con delirio entre las páginas de la novela *No mires debajo de la cama,* pero finalmente fue a encontrarse con ella fuera del libro y del suburbano, en la vida real, en la existencia cierta y lamentable del juzgado de guardia, donde confirmó lo que ya sospechaba: que el cuerpo de la diosa era una circunstancia singular, un accidente raro. Quizá el defecto necesario para resaltar la perfección del conjunto.

La juez, aturdida aún por el fragor de sus propias emociones, preguntó si la *intuición* que había llevado a la testigo a mirar debajo de la cama había estado precedida por algún indicio (mal olor, restos de sangre, alguna prenda de vestir fuera de sitio), pero Teresa Albor dijo que no, que todo había sido normal, excepto la intuición misma. Como quiera que a la juez le pareciera una explicación insuficiente, la mujer añadió que el propio Holgado, en algún momento de su relación, le había confesado que él era en realidad uno de esos monstruos que viven debajo de las camas de las personas imaginativas.

—Lo decía en broma, naturalmente, pero también en serio. Por eso se me ocurrió que podía estar allí y decidí asomarme.

—¿Qué le pareció el hecho de que un hombre con el que tenía relaciones le confesara que era en realidad un monstruo? —preguntó la juez intentando parecer neutral, indiferente, por encima del desasosiego interior.

—No sé, le dije que el mío había vivido siempre dentro del armario.

—¿Quiere decir que tiene usted un monstruo dentro del armario?

—Bueno, va y viene, según las épocas, pero cuando era pequeña estaba siempre escondido entre la ropa.

—¿Lo vio alguna vez? —insistió la juez desviando la mirada del rostro de Teresa.

—Los ojos nada más, un día, entre dos faldas, porque los tenía abiertos, pero los cerró en seguida y desapareció —respondió la mujer con una sonrisa justificativa, como si no supiera adónde pretendía llegar la juez ni si los intereses que representaba coincidían con los suyos. Quizá dudara sobre la conveniencia de aquel despliegue de sinceridad.

—Y si la obligación de Vicente Holgado era ser imaginario y estar siempre debajo de la cama, ¿por qué vivía fuera de ella y era real? —continuó Elena Rincón como encallada en este asunto de fantasmas.

—Bueno —insistió Teresa—, lo que él decía es que de pequeño le habían obligado a salir a la superficie forzándole a adoptar las maneras y costumbres de la gente normal. Ya digo que era una broma.

—Una broma seria, me ha parecido entender.

—Vicente era así.

—¿Pudo haber regresado a su lugar de origen para morir? —preguntó Elena Rincón componiendo un gesto de paciencia muy ensayado en el que los declarantes solían advertir una amenaza.

Entonces Teresa se echó a llorar. Estaban las dos mujeres en el despacho del juzgado de guardia, sentadas a una mesa redonda situada frente a la de trabajo, que era más severa. El aparato de aire acondicionado no dejaba de amenazar ruidosamente con enfriar la atmósfera, pero el ambiente era sofocante. Una secretaria tomaba notas de lo que se decía en un ordenador mugriento hasta que la juez le pidió que abandonara el despacho. Cuando se quedaron solas, se dirigió de nuevo a Teresa.

—¿Está segura de que no prefiere declarar delante de un abogado?

—No, no —dijo la mujer sorbiéndose las lágrimas—, no tengo nada que ocultar.

—¿Le han administrado algún calmante?

—Creo que el forense me dio dos pastillas.

—Entonces será mejor que descanse. Mañana tendrá las ideas menos confusas. Entre tanto, su familia puede localizar a un abogado. Tendremos que retenerla aquí hasta entonces.

—¿Aquí?

—Bueno, en los calabozos del juzgado.

Teresa ya había pasado unas horas en esos calabozos y compuso tal expresión de espanto que Elena Rincón dudó de lo que estaba haciendo.

—Pero si esto no es un crimen ni nada parecido, por favor —imploró Teresa.

—Usted comprenda que con una exposición tan confusa no tengo más remedio que tomar precauciones —dijo la juez descargando en la testigo la responsabilidad de una solución con la que ella era incapaz de dar.

—Comencemos de nuevo —suplicó Teresa—. Le diré todo lo que necesite para que las cosas encajen.

Elena Rincón no ignoraba que estaba a punto de actuar de una manera irregular, pero decidió correr el riesgo dominada por la confusa idea de que el sentido del relato, si lo tuviera, guardaba alguna correspondencia con el significado de su vida.

—No tomaremos nota, pues. Si de lo que usted me diga deduzco que su situación es muy comprometida, daremos esta declaración por no realizada.

—Como usted quiera.

—Está bien, empecemos de nuevo. ¿Desde cuándo conocía a Vicente Holgado?

—Desde hacía un mes aproximadamente. Alquilé el local vecino al suyo para abrir mi propio negocio en el centro comercial de Arturo Soria. Mientras me hacían las obras de acondicionamiento, tuve que pedirle varios favores. También utilicé su teléfono con alguna frecuencia, así que me pasaba la vida entrando y saliendo. La relación progresó muy deprisa y desde hace diez o quince días dormíamos juntos, en su casa. Me dio una llave porque a veces no llegábamos a la misma hora.

—¿Por qué continuó durmiendo en su casa después de que hubiera desaparecido?

—Pensé que volvería. ¿Cómo iba a imaginar que estaba debajo de la cama?

Teresa Albor contó también, inexplicablemente, la escena de infancia en la que Holgado vio caer, desde debajo de la cama, unas bragas blancas sobre los tobillos de su madre y añadió, en confuso desorden, que el fallecido había cenado la noche de la desaparición en casa de sus padres. Finalmente, relató las circunstancias de la muerte del perro de su hermana.

—Pero yo estaba segura —añadió— de que Vicente no lo había matado, él no era así, y pensé que el suceso tendría alguna otra explicación. Por eso volví a su casa esa noche y las noches siguientes. Para esperarle y darle la oportunidad de que contara su versión.

—¿A qué se dedicaba Holgado en ese centro comercial de Arturo Soria?

—Él era podólogo, bueno, podólogo no, callista, pero sabía más que muchos podólogos. Se ocupaba de los pies de la gente.

La juez realizó un movimiento involuntario de pánico que intentó contrarrestar con una pregunta muy rápida:

—¿Se fijó bien en el cadáver al asomarse debajo de la cama?

—No, vi el bulto y me retiré horroriza-
da. Pero sólo podía tratarse de Vicente.

—Quiero decir si notó algo raro en el
cadáver.

—¿A qué se refiere?

—El cuerpo no tenía pies —respondió
la juez sin poder controlar un estremecimiento—. Ni los tenía ni se encontraron en ninguna parte de la casa. Una mutilación curiosa para un podólogo.

Teresa retiró bruscamente la silla e hizo
el gesto característico de vomitar, pero no ex-
pulsó nada. Elena Rincón se acercó a ella y le
sujetó la frente sin dejar de preguntarse qué estaba sucediendo. De qué zona de sí misma bro-
taba la piedad, si aquello fuera piedad y no la
mera urgencia de tender la mano hacia la parte
de sí misma encarnada en la testigo. Y de dónde procedía el miedo, porque estaba asustaba
también. Desde su posición, veía los zapatos con
el escote en pico de la mujer, la falda negra y
corta como un parpadeo, la camiseta blanca con
el anuncio de una marca comercial. Se había
vestido o quizá la habían vestido a toda prisa y
llevaba esperando a que le tomaran declaración
tantas horas como arrugas había en su ropa. Estaba sudada, pero también la mano de la juez se-

gregaba una humedad solidaria, eso pensó absurdamente.

Cuando cesaron las arcadas, Teresa Albor cogió con sus manos la mano que la juez había colocado en su frente y se puso a llorar con un cansancio del que, sin dejar de ser suyo, Elena Rincón pensó que pertenecía a las dos, lo mismo que las lágrimas. La juez no había vomitado nunca, no recordaba haber llorado desde una época remota, pero ahora lo hacía a través de aquella mujer algo más joven que ella.

—¿Y qué clase de negocio pensaba poner usted junto al de Vicente Holgado? —preguntó, porque mientras continuara preguntando estaba a salvo de lo que no entendía.

—Soy masajista —dijo, y añadió en seguida, al percibir un movimiento de rechazo en la juez—: Masajista terapéutica.

Pero ya era tarde. Elena Rincón se separó de la testigo, y casi al borde del desmayo, abandonó el despacho con una excusa ininteligible.

La juez Elena Rincón vivía en una casa antigua, con mucha madera, pasillo, y techos altos, en la que había intentado reproducir la penumbra moral que consideraba característica de la administración de justicia. Así, las ventanas estaban cubiertas por gruesas cortinas de un tejido estampado (*espantado,* se decía ella a sí misma en broma) en colores neutros, y con motivos que, de tan imparciales también, resultaban indiferentes a la vista. La luz del día sólo penetraba en las habitaciones en forma de láminas por las que resbalaba esa clase de polvo cuya observación ha sido considerada tradicionalmente un estímulo para el pensamiento filosófico. Los muebles, altos y oscuros, parecían encontrarse en la frontera misma de lo biológico, así que no era raro que por la noche, al descender las temperaturas, emitieran gemidos, cuando no los ruidos propios de alguna actividad orgánica más intestina.

Elena Rincón llegó esa noche a su casa con una agitación desacostumbrada y se refugió en la cocina huyendo de la densidad moral

del resto de las habitaciones. Ella había culti-
vado aquella atmósfera con la esperanza de que
un día pareciera natural, aunque, lejos de eso,
las cortinas espesas, los tresillos oscuros y los libros encuadernados en piel habían ido langui-
deciendo como si fueran víctimas de un clima
hostil. Todo resultaba falso, en especial la chimenea de madera noble, con puertas, en cuyo
interior, al abrirla, aparecía encajado un televisor. Había creído que una juez no debía ver la
televisión, o al menos no debía formar parte de
su mobiliario manifiesto, por lo que acudió
en su día a esta solución ultrajante para la chimenea y para el aparato que ahora, aunque le
torturaba, se veía incapaz de modificar. En otro
tiempo, algunas noches prendía el receptor, se
sentaba delante de él, y al contemplar las imágenes ardiendo en el interior de la chimenea,
tenía la impresión de que algo realmente grave
le sucedía al mundo cuando personas como ella
practicaban perversiones decorativas de esta naturaleza. El efecto, en cualquier caso, quedaba
atenuado gracias a que las tristes llamas emiti-
das por el aparato eran en blanco y negro. Pero
un día, tras el levantamiento de un cadáver
muerto frente al televisor, decidió dejar el suyo
encendido de forma permanente tras las puertas de madera noble. Y aunque nunca las volvió
a abrir, siempre que pasaba por delante advertía

un parpadeo luminoso entre las junturas, como si la chimenea estuviera encendida, aunque lo que estaba encendido era el mundo, un mundo raro desde luego al que Elena Rincón no se sentía unida por ninguno de sus bordes. La magistrada asociaba el blanco y negro a algún tipo de decencia perteneciente a una era más feliz para la humanidad, de modo que al arrebatar el color al aparato proporcionó a sus imágenes una calidad de ceniza que en su día atenuó la culpa de contemplarlas.

Más aún: gracias a la decoración que le había infligido, la casa entera parecía un espacio en blanco y negro. No había en toda su extensión una sola nota de color. La propia juez, cuando se miraba en el espejo central del armario de caoba de su dormitorio, se veía a sí misma en blanco y negro. De hecho, siempre vestía ropa blanca, negra o gris. Incluso cuando se contemplaba desnuda o en prendas interiores, comprobaba con asombro que también la carne había adquirido la textura característica de las películas antiguas, lo que le proporcionaba una turbación que cultivaba con paciencia administrativa para huir luego de ella con pudor jurisprudente.

Se había refugiado, pues, en la cocina, huyendo de la pesadilla decorativa que ella misma había creado en el resto de las habitaciones, y sentada a la mesa en la que solía tomar un yogur por las noches, bebía ahora un vaso de agua sin poder apartar su pensamiento de Teresa Albor, Albor, tan implicada en el sumario del hombre aparecido debajo de la cama sin vida y sin pies. En su trayectoria profesional había levantado muchos cadáveres, pero ninguno sin pies. Se los habían arrebatado a la víctima con la habilidad con que un ladrón experto roba una billetera. Ella al menos no había apreciado en los alrededores señales de violencia, ni siquiera manchas de sangre. Era imposible que un crimen de ese tipo, si se trataba de eso, de un crimen, hubiera sido cometido por Teresa Albor, y sin embargo ahora se encontraba en los calabozos de los juzgados a punto de pasar de testigo a imputada.

Un calambre de dolor atravesó el pecho de la juez, que acudió, como defensa, al raciocinio. Un podólogo muerto, sin pies; una historia inverosímil según la cual Vicente Holgado no era en realidad un hombre, sino ese monstruo imaginario que suele esconderse debajo de la cama, o quizá en el armario... Lo primero parecía sugerir un ritual característico de un ajuste de cuentas. Lo segundo era una locura. Y la mujer que durante días había dormido en la cama bajo la cual reposaba el cadáver decía ser masajista...

La juez había dado por sentado que la testigo se dedicaba a esa forma de prostitución atenuada que se anunciaba en los periódicos bajo la apariencia del masaje. Pero ahora se sentía culpable, pues quizá era una masajista de verdad, significara lo que significara eso. De hecho, algunos compañeros suyos utilizaban el masaje como una forma de relajación, de descanso. Ella misma había estado tentada de acudir a un centro especializado, pero entre el deseo y la decisión se había interpuesto siempre una suerte de rechazo instintivo que la testigo había hecho aflorar al informar a la juez de su dedicación profesional.

Inquieta, se acercó al teléfono de pared que había junto a la puerta de la cocina y marcó el número del domicilio del forense, aunque colgó antes de que contestaran. Le habría gustado conocer su opinión respecto a la apariencia del cadáver de Vicente Holgado y saber cuándo estaría listo el informe de la autopsia, pero temía mostrar un interés especial por el caso. Además, le daba miedo que descolgara el teléfono la esposa del forense, que conocía su voz y tal vez sospechaba que entre Elena Rincón y su marido había habido algo o quizá continuaba habiéndolo.

Tras colgar el teléfono, fue a la nevera y sacó un yogur que empezó a consumir despacio. Sabía que cuando terminara de cenar (ésa solía ser su cena, pues odiaba los sucesos digestivos) tendría que salir de la cocina y enfrentarse a la casa. No sólo al pasillo forrado de libros, y doblemente estrecho por lo tanto de lo normal, sino a su dormitorio, en el que esa noche, cuando ella llegara, quizá ya estuviera debajo de la cama el monstruo de debajo de la cama, con el que no se relacionaba desde hacía tantos años, desde su infancia...

En esto, sonó el teléfono y antes de descolgarlo cruzó los dedos deseando que no fuera su padre, aunque su padre estaba muerto, no podía ser él. Era el forense.

—Has sido tú la que has llamado y has colgado —dijo entre la interrogación y la afirmación.

—¿Cómo lo sabes?

—¿Qué clase de forense sería si no fuera capaz de distinguir una llamada de ultratumba?

La magistrada dio un respingo de terror y luego observó la cocina calculando qué sería menos comprometido, si dormir allí, a salvo de las amenazas del resto de la casa, o invitar al forense a pasar la noche con ella. Durante unos instantes, de súbito, comprendió que su vida era una historia de pánico. Si prestaba atención, podía oír al terror aullar por las habitaciones en busca

de unas vísceras, las suyas, en las que penetrar.
Sólo la cocina había quedado a salvo de la locura, pese a la amenaza del microondas o al presa-
gio de la despensa. ¿Pero qué vida no era un relato de terror, una historia de miedo?

—¿Has abierto ya el cadáver sin pies?
—preguntó con ese tono de neutralidad que
hasta el momento le había parecido una manifestación de la sensatez y que de súbito le parecía un desvarío.

—Sí.

—¿Y qué te parece?

—Te lo cuento en tu casa, voy para allá.

El médico forense y la juez se hallaban en la cama de ella, desnudos, observando las particularidades del techo, tan lejano. La única luz de la habitación procedía de la ventana abierta, por la que además del resplandor de las farolas penetraba el calor del asfalto, que a esas horas ascendía, invisible, hasta formar una burbuja de sofoco en la que flotaba toda la ciudad. El forense fumaba sin delicadeza un cigarrillo negro al que había arrancado la boquilla utilizando la uña del pulgar a modo de bisturí, y dejaba caer la ceniza en la mano derecha, colocada en forma de cenicero sobre su propio vientre. En esto, el hombre se volvió y observó el galán sobre el que reposaba una capa negra cuyos bordes rozaban el suelo:

—Parece un pájaro —dijo—. Un pájaro negro y grande. Quizá un buitre.

—Es un mueble espantoso —añadió ella—. Me lo regaló mi padre cuando saqué las oposiciones, para que colgara de él la toga.

—Sin duda, se trata de un mueble carroñero. Está esperando que la realidad termine de descomponerse para lanzarse sobre ella.

La juez compuso un gesto de paciencia, temiendo que el forense comenzara a hablar de su tema de conversación preferido, el fin del mundo.

—Qué calor —dijo dándole la vuelta a la almohada, buscando el fresco de la zona oscura.

—He observado que de un tiempo a esta parte —añadió el médico—, las cosas inertes están cobrando vida, una vida secreta si tú quieres, mientras que nosotros, seres en apariencia vivos, tenemos más problemas de comunicación que mi zapato izquierdo con el derecho. Seguro que nuestros zapatos se lo están pasando mejor debajo de la cama que nosotros encima de ella.

Elena Rincón comprendió que se trataba de un reproche a su pasividad venérea, aunque sabía que el forense disfrutaba con esa indiferencia que le permitía desarrollar quejas retóricas. Gozaba lamentándose, en fin, y sobre aquellos lamentos, más el desdén de ella, se había cimentado una relación irregular de la que cada uno lograba obtener siempre menos que el otro. Elena, aunque estaba impaciente por hablar de Vicente Holgado, sabía que tenía que pagar, como tributo previo, un pequeño discurso sobre el apocalipsis.

—Y si el mundo se ha terminado —dijo con expresión de fastidio, intentando acelerar los trámites—, ¿por qué tenemos que seguir nosotros pasando este calor?

—Porque hay vida más allá de la muerte desde luego. Incluso hay muerte más allá de la muerte. De hecho, la gente continúa falleciendo pese a no estar viva.

—Hablando de muertos —aprovechó ella descendiendo bruscamente al asunto por el que el forense se encontraba allí—, ¿has visto el cadáver del tal Vicente Holgado?

—¿El de los pies? —preguntó el hombre aplicando cuidadosamente, con la punta del dedo índice, una gota de saliva a la brasa de la colilla, con intención de apagarla antes de abandonarla dentro del zapato negro que asomaba por debajo de la cama.

—El de los pies, sí. ¿No podías haber cogido de la cocina un plato de café para las colillas?

—¿No podías comprar tú un cenicero?

—Tengo la idea supersticiosa de que el día en el que compre un cenicero, todo el mundo acabará viniendo a fumar aquí. En cierto modo, tú eres todo el mundo y estás aquí, fumando. ¿Qué te ha parecido el cadáver?

—Estaba asustado. No lo digo sólo por la expresión de los ojos abiertos, o por la contracción que se le apreciaba en los músculos de la cara, pese a llevar tres días muerto, me parece, sino por las cantidades de adrenalina que encontré en la musculatura bronquial y el caudal consecuente de la glucosa circulante, que habría bastado para alimentar una cadena de pastelerías durante un año. Si tienes curiosidad por saber de qué murió, te lo digo en seguida: de un susto.

—¿De un susto?

—El término no expresa en toda su intensidad el miedo que tuvo que pasar el pobre diablo debajo de la cama, antes de entregar su alma. Cuando le abrí, me dio la impresión de que todavía temblaba.

—¿Crees entonces que murió debajo de la cama o que fue trasladado allí después de que hubiera fallecido?

—No vimos ninguna señal de traslado. Murió allí, espantado por algo que sucedió debajo mismo del colchón.

—¿Y los pies?

—No había pies.

—Eso ya lo sé. Quiero decir..., ya sabes lo que quiero decir.

El forense se volvió hacia la mesilla de noche y tomó el paquete de tabaco del que extrajo otro cigarrillo al que seccionó el filtro con expresión profesional, utilizando una vez más la uña del pulgar como un bisturí. Esta vez, antes de encenderlo, arrebató al paquete la envoltura de celofán para utilizarla a modo de cenicero.

—No había pies. Pero no estaban serrados. Aún no sé cómo voy a resolver esta zona del informe sin ponerme novelesco.

—¿Por qué?

—Pues porque estaban desmontados más que amputados, como se desmontan las piezas de un motor. No se apreciaron daños aparentes en los muñones ni las señales de violencia que cabría esperar en una acción de este tipo, que suena a un ajuste de cuentas, como cuando aparece un cadáver sin lengua. O sin orejas.

—¿Y por qué no había sangre?

—Eso es inexplicable, a menos que hubiera sucedido lo que dice el tópico: que se le helara en las venas. En la vida real no, pero en una novela podría darse el caso. Yo voy a exponerlo de ese modo en el informe, pero no será fácil hacerlo verosímil. ¿A ti se te ha helado alguna vez la sangre en las venas?

—Creo que se me está helando ahora mismo, pese al calor.

—Por otra parte, juraría que los pies abandonaron el cuerpo por voluntad propia. O que se desprendieron de él como una fruta madura para vivir su propia vida. Si de verdad quieres averiguar lo que pasó, manda a la policía a buscar esos pies por las calles y cuando den con ellos interrógalos. Lo más probable es que vayan dentro de unos zapatos, incluso dentro de unos calcetines, puesto que el cadáver estaba perfectamente vestido. ¿Has averiguado si faltaba algún par de zapatos?

—No, no lo he averiguado.

—Mal hecho.

A la juez le pareció que sus propios pies adquirían un raro grado de individualidad debajo de la sábana y los movió hacia su izquierda, buscando los del forense, que se enredaron en los suyos como si también estuvieran asustados. Entonces, la magistrada percibió un roce anormal y tuvo la impresión de que en aquellas profundidades había aparecido de repente un quinto pie que negociaba algo turbio con los otros cuatro, de manera que levantó la sábana con un gesto de horror.

—¿Qué pasa ahora? —preguntó el forense.

La juez contó los pies y volvió a cubrirse.

—Nada. ¿Sabes que el fallecido era podólogo?

—Razón de más —añadió él con una carcajada, disponiéndose a apagar el cigarrillo sobre una zona del celofán previamente humedecida con su saliva.

—¿Y sabes que se creía que era el monstruo que hay debajo de las camas de la gente miedosa?

—¿El monstruo de debajo de las camas?

—Sí.

—Dios mío, qué mal está todo el mundo —dijo el forense incorporándose con estupor—, cuando yo era pequeño, confiaba en que de mayor las cosas serían más fáciles.

—Más fáciles en qué sentido.

—En ése justamente. Pensé que desaparecerían los fantasmas de los dormitorios y que la gente se comportaría de un modo más razonable que mis compañeros de entonces, que yo mismo. Pero el mundo ha ido empeorando a medida que crecía, que crecíamos.

—¿Tú también tenías un monstruo?

—Yo tenía un muerto. Me defendía de él pensando que los fantasmas de los muertos éramos los vivos, de modo que él me tendría tanto miedo a mí como yo a él. De hecho, los muertos y los vivos no suelen coincidir en el pasillo.

Dos hombres dijeron algo en la calle, a gritos, y en seguida se escuchó un ruido como de lluvia.

—Riegan la calle a esta hora —dijo la juez.

Después se levantó de la cama con la expresión extraviada, y tras colocarse una bata negra, de seda, sobre el cuerpo desnudo encendió las luces del techo de la habitación.

—Tengo miedo —dijo, sentándose con los pies recogidos sobre una pequeña butaca forrada de terciopelo mudo.

El forense estaba un poco pálido también, pero intentó no perder la compostura.

—¿De qué?

—He retenido a la novia del podólogo. Ahora mismo está en los calabozos de los juzgados. Creo que es inocente, pero estuvo tres días durmiendo encima del cadáver. Además, la noche en que Vicente Holgado decidió volver debajo de la cama, había cenado en la casa de los padres de ella y por lo visto mató al perro de la hermana pequeña. Y los padres son esperantistas.

—¿Y qué tiene que ver que sean esperantistas, por favor?

—No sé, el perro muerto, el esperanto, la amputación de los pies... Sonaba todo como a un asunto de psicópatas, de secta. Con estos datos no podía hacer otra cosa.

El forense se sentó, desnudo, sobre el borde de la cama, pero casi inmediatamente dio un salto que le llevó al medio de la habitación, como asustado por la idea de que unas manos se asomaran por debajo y le tomaran de los tobillos.

—¿Sabes que has conseguido asustarme? —dijo abriendo los brazos con expresión de fastidio.

La juez Rincón temblaba encogida sobre sí misma, con la mirada fija en el rectángulo oscuro formado por el suelo y los límites de la cama. Él se acercó y la tomó por los hombros.

—No te preocupes —dijo—, ahora mismo voy a mirar debajo de la cama para que te quedes tranquila.

—No, no mires debajo de la cama, por favor.

—¿Cómo que no? ¿Qué escondes ahí? —añadió en un tono que, aunque había pretendido ser cómico, resultó dramático.

—Yo no escondo nada, pero podría estar Vicente Holgado, sin pies.

—Vicente Holgado está dentro de una nevera, en el Anatómico Forense.

Comoquiera que Elena no reaccionara, el médico hizo un gesto de virilidad, fue hasta la mesilla, cogió el mechero y con él encendido asomó la cabeza al hueco tenebroso. Inmediatamente, se apagó la llama del mechero y a continuación se extinguió también la vida del hombre desnudo, que cayó a los pies de la cama fulminado por un ataque al corazón.

Elena permaneció inmóvil hasta que cesó el ruido como de lluvia procedente de la calle y oyó que los barrenderos se alejaban hablando entre sí, y riéndose, con una naturalidad inexplicable. A partir de ese instante los acontecimientos adquirieron el ritmo de una pesadilla, depositándose en un presente estático que alteraba las leyes de la duración. Así, piensa en su padre y sin que una idea desplace hacia el pasado a la anterior, calcula la pérdida de prestigio inherente al hecho de que a la juez Rincón se le haya muerto un forense desnudo en el dormitorio. Como un ahogado inverso, ve de súbito pasar por su cabeza todo su porvenir, proyectado sobre una sábana que también es una mortaja en la que cabe, envuelto, el presente actual, que continúa estirándose, ensanchándose contra todas las leyes temporales. Con cuidado, bordea la cama y desde el teléfono de su mesilla, tras marcar un número, ordena con una naturalidad atroz que traigan una ambulancia, por si estuviera vivo, aunque sabe que no. Y sin que esa llamada telefónica haya dejado de suceder, porque todo se agolpa en un mismo instante insufrible, duda si vestir al difunto, pero no ignora que en el caso de que levantara el cadáver un forense, advertiría en seguida, por inexperto que fuera, que había sido vestido después de muerto.

No.

Quien se tiene que vestir sin embargo antes de que llegue la ambulancia es ella, aunque está muerta también, de miedo, pero se levanta a sí misma con profesionalidad y comienza a buscar la ropa sin que haya dejado de suceder todo lo anterior, pues todavía sigue pensando en su padre y llamando a la ambulancia y dudando si debe o no ponerle los calzoncillos al forense muerto. Ahora, se dice, me vendría bien aceptar que el mundo se ha acabado, y lo acepta como el que se toma un ansiolítico, aun a pesar de que haya vida depués de la muerte, como demuestran los hechos. Y muerte después de la muerte, como los hechos vienen a demostrar también. Piensa en la familia del forense, la esposa, los hijos, todas esas cosas características del fin del mundo. Si tuviera valor, ella misma debería telefonear a la viuda. Ya se ha puesto las bragas blancas y el sujetador blanco. Ahora es una mujer en blanco y negro abriendo los armarios de una alcoba (alcoba, qué palabra) con un cadáver muerto a los pies de la cama. Un adúltero fallecido en plena madrugada, una adúltera viva, en blanco y negro. Ya se ha puesto la falda y ahora se coloca la chaqueta cruzada del elegante traje con el que regresó a casa ese mismo día, o quizá hace un siglo, de los juzgados. El galán, con la toga puesta sobre sí a modo de unas alas de vampiro, la observa desde el rincón del dormitorio, pero quizá considera que la realidad no está lo suficientemente descompuesta y permanece quieto. Entonces la juez advierte que ha olvidado calzarse.

No se puede poner los mismos zapatos que llevaba antes, porque se encuentran debajo de la
cama, donde hay un monstruo que acaba de
matar al forense, valga la redundancia, de un
susto, eso se dice, de modo que abre el armario
una vez más y toma otros zapatos que no hacen
juego, aunque nada hace juego ese día, nada. Al
calzárselos, y con la sencillez característica con
la que asuntos de esta naturaleza suceden en los
sueños, tiene problemas con el pie derecho y
entonces se da cuenta de que ese pie soldado al
extremo de su pierna no es el suyo, quizá sea el
del forense, o quizá el quinto pie que le pareció
percibir hace poco en las profundidades de la
cama, negociando algo turbio con los suyos y
los del médico. Es capaz de moverlo y de mover los dedos, pero resulta evidente que no son
sus dedos, ni su pie, pues hay en toda la zona
una impresión como de anestesia, semejante a
la que produciría un pie de corcho dotado de
un sistema nervioso muy rudimentario. Entonces vuelve a recordar el momento de la noche
en que sus extremidades buscaron bajo la sábana la protección de las extremidades del forense
y deduce con extrañeza, pero sin espanto, que
quizá en ese instante los pies se equivocaron de
pierna. Así que observa desde lejos las extremidades del cadáver y le parece que el pie que
cuelga del tobillo derecho del forense podría ser

el suyo desde luego. Por fortuna, no sabe a ciencia cierta si es víctima de una fantasía más digna de un podólogo que de una juez o el intercambio ha sucedido de verdad. En cualquier caso, menos mal que el forense, se dice, era de formato pequeño, como mi padre, y su pie, aunque con mucho esfuerzo, entra en el ajustado zapato de la mujer, que una vez calzada, cojeando, va de un lado a otro para hacerse a la nueva extremidad, y piensa si no sería conveniente colocarle los calcetines al cadáver, para que nadie advierta que su pie derecho pertenece a la juez. Qué vergüenza. Ni siquiera sería preciso mover el cuerpo. Ningún juez, en el caso de que levantara el cadáver un juez, que ya veremos, podría asegurar que los calcetines le fueron colocados una vez fallecido. Pero cuando realiza los primeros movimientos dirigidos a la obtención de este fin suena un estruendo y tras unos segundos de reflexión resulta que no es un estruendo, sino el timbre del portero automático. Como una loca, sale del dormitorio, recorre el pasillo y al atravesar el salón percibe por entre las ranuras de la puerta de la chimenea una actividad luminosa, un baile de llamas en blanco y negro, así que el mundo no se ha acabado, en todo caso quedan las brasas, que no dejan de durar. Llega al portero automático y oprime el botón sin preguntar quién es. En seguida aparecen dos chicos jóvenes, de blanco, con una camilla y una chica muy joven también, quizá una becaria o algo parecido, con un estetoscopio. No tiene experiencia, se dice la juez. No se atreverá a decir que el cadáver está muerto si yo afirmo que todavía le late el pulso. Soy juez, he levantado muchos cadáveres en mi vida y sé cuándo están muertos y cuándo no, se dice, y éste no está muerto. Llévenselo, llévenselo.

La doctora joven manipula el cuerpo del forense, le aplica una sonda, le golpea en el pecho con los puños cerrados, como si estuviera disgustada con él. Elena tiene miedo de que alguien se fije en el pie derecho del forense y advierta que no es suyo, que no es suyo. Uno de los chicos jóvenes pregunta a la juez qué ha pasado y la juez asegura que el moribundo (el moribundo) vio algo que le asustó debajo de la cama cuando se asomó en busca de los calcetines. El muchacho se agacha mientras la doctora joven inicia otra tanda de puñetazos y al poco se incorpora con el gesto de que allí debajo no hay nada, intercambiando una expresión de extrañeza con su compañero. La médico sorprende el intercambio masculino y se vuelve hacia la juez cruzando con ella una mirada de solidaridad. Algo se han dicho la una a la otra sin hablarse, el caso es que la médico da orden de que lleven al muerto a la ambulancia. No será levantado por un juez. En las pesadillas a veces aparecen momentos de respiro, así que el muerto es colocado sobre la camilla y todos corren para salvarle la vida hacia la puerta por los estrechos pasillos de la casa a oscuras. Al atravesar el salón, la médico percibe la actividad luminosa procedente de la chimenea falsa, cuyas puertas, aunque cerradas, dejan escapar algún fulgor por entre sus junturas.

—¿Hay fuego con este calor? —pregunta a la juez.

—Es la televisión —responde Elena, que cojea del pie derecho, aunque podría haber dicho que era la vida lo que ardía allí dentro, al contrario de lo que arde aquí afuera que parece más bien una novela de misterio como la que empezó a leer por encima del hombro de una pasajera, en el metro, y en cuyo interior se ha caído como por un agujero inexplicable que la aleja cada vez más de la existencia real, de la televisión.

Dado que Elena no ha sido nunca coja, tiene dificultades para seguir a la comitiva por las escaleras (en el ascensor no cabía el cadáver horizontal). La médico la contempla entonces con piedad y le ayuda a bajar y a introducirse luego en la ambulancia, junto al cadáver desnudo y muerto, sobre el que los auxiliares han co-

locado desordenadamente su ropa, toda su ropa a excepción de los zapatos y de los calcetines, que deben de estar aún debajo de la cama.
Inexplicablemente, nadie ha advertido todavía
que el pie derecho del cadáver es asimétrico respecto del izquierdo.

No hubo autopsia. La joven médico firmó un certificado de defunción convencional, un infarto de tantos, uno más, de modo que la juez no tuviera que prestar declaración ni nada parecido. Elena Rincón, tras asegurarse de que habían avisado a la familia del forense muerto, y antes de que llegaran la viuda y los dos o tres huérfanos, huyó de las instalaciones sanitarias y alcanzó la calle cuando comenzaba a amanecer. En realidad, no estaba tan segura de salir a la calle como a un nuevo capítulo de su existencia dominado por el misterio. Renqueando del pie derecho, presa de una felicidad inexplicable, subió por Francisco de Sales en dirección a Reina Victoria, y a medida que incorporaba la cojera a su sistema de percepción espacial, notó que iba penetrando en zonas de su vida a las que cuando caminaba bien ni siquiera se había asomado, como si no existieran. Al atravesar una calle, vio una zapatilla deportiva volcada sobre la acera. Era de las de cámara de aire y sintió lástima por ella, pues le pareció que estaba agonizando. La tomó de un cordón y la depositó en una papelera, pensando que fallecería más a gusto en privado que a la vista del público. Recordó haber leído en *No mires debajo de la cama* una escena en la que una zapatilla deportiva con cámara de aire presentaba dificultades respiratorias. Aún no había terminado la novela. Quizá aún estaba leyéndola, leyéndose, y se leyó tomando un taxi en el que penetró con las dificultades propias de una coja reciente.

Llegó a casa cuando la ciudad se ponía en movimiento. Todavía no habían retirado del portal los contenedores de la basura, alrededor de los cuales vio un par de zapatos negros, muy enfermos también, y una sandalia suelta, desconcertada. Recordó otra novela de su juventud, una de las pocas que había leído entre oposición y oposición, en la que las ratas empezaban un día a salir de las cloacas, como los zapatos de debajo de la cama, y esa presencia era luego el anuncio de la peste.

Entró sin miedo en la vivienda, aun sabiendo que Vicente Holgado, que todos los vicentes holgados posibles e imposibles, estaban debajo de su cama. Habían estado siempre allí, mientras ella estudiaba leyes absurdas, o se dejaba la vida en aquellos exámenes para acceder a la víscera más sucia del Estado, la Justicia. Fue directamente al cuarto de baño y tras desnudarse en blanco y negro se metió bajo la ducha de agua fría. Luego tomó la esponja y recorrió con ella todo el cuerpo dejando para el final el pie derecho, que era como un pie de madera en proceso de incorporación a su sistema locomotor y nervioso. Esperaba que la viuda del forense no advirtiera que enterraban a su marido con una extremidad que no era suya, y le agradó la idea de que su pie fuera a ser sepultado formando parte del cuerpo de otro. Cada vez le gustaba más el cambio. Era como aceptar que tenía capacidad para ser varias mujeres a la vez, incluso varios hombres. Al salir de la ducha, se sentó en el taburete y se cortó las uñas de los dedos del pie derecho, que el forense, si el pie era del forense, tenía muy abandonadas. Luego cogió una escoba de la cocina, se dirigió al dormitorio y con el mango del utensilio, sin llegar a asomarse, extrajo de debajo de la cama los zapatos del médico. Sólo encontró un calcetín. El otro, pensó, se lo habían comido. Los zapatos eran negros, de cordones, y estaban muy agrietados. Se probó el derecho y le encajaba como un guante. Cojeaba menos con él tal como comprobó dando un paseo desde su dormitorio al salón en el interior de cuya chimenea continuaba ardiendo la realidad. Achicharrándose, pensó la juez con la conciencia de que debajo de todas las camas del mundo y en el interior de todos los armarios estaban sucediendo cosas inexplicables a las que la población permanecía ajena. Por un momento pensó en ir al juzgado con el zapato del forense en un pie y el suyo en otro, pero le pareció cruel separar los zapatos de la misma pareja, de modo que los guardó en el armario, por si más adelante decidiera enviárselos a la viuda.

Una vez vestida, bajó a la calle cojeando y se metió en el metro, en donde ese día no buscó ansiosa a Teresa Albor porque estaba detenida o retenida en los calabozos del juzgado. De todos modos, le pareció un ausencia escandalosa, como si en el momento más apasionante de la lectura de una novela el lector tropezara con una o varias páginas en blanco. Tantas páginas en blanco como estaciones, pues. Llegó al juzgado y sin entrevistarse con la detenida ni consultar con el fiscal firmó el decreto por el que Teresa Albor quedaba en libertad. Luego recuperó el libro *No mires debajo de la cama* de la mesa del juzgado de guardia y lo guardó en su bolso, desde cuya hondura sin embargo continuaba llegándole levemente el sufrimiento de los personajes, como cuando sacan la muela a alguien y uno nota en la encía propia algo de aquel dolor lejano.

Durante los días siguientes, como no cediera el calor, los bares comenzaron a sacar a las aceras sus mesas y sillas, de las que en seguida brotaron numerosos clientes que hablaban entre sí con vehemencia tras el sordo invierno. La juez Rincón fue atacada por una suerte de optimismo orgánico del que fluía, como de un grifo mal cerrado, un caudal invariable de dicha. Se había comprado un bastón con el mango de plata para amortiguar la cojera del pie derecho y por las tardes salía a pasear disfrutando de un sentimiento de distinción inédito que curiosamente residía en la minusvalía. Cuando pasaba por delante de las terrazas veraniegas, dibujando sobre la acera una caligrafía misteriosa con la punta del bastón, notaba sobre sí miradas de asombro o de envidia que ella jamás, hasta entonces, había provocado.

Perdió el miedo a su casa y al dormitorio, como si la muerte del forense hubiera constituido un tributo gracias al cual Vicente Holgado no necesitaría atacar en mucho tiempo. Es más, mantenía con el monstruo de debajo de la cama unas relaciones que aunque turbadoras no incluían sensación alguna de peligro. Así, cuando entraba en el dormitorio lo primero que hacía era descalzarse y con sus pies desnudos (el derecho completamente masculino), más el apoyo del bastón, caminar de un lado a otro para justificar la existencia del habitante de la oscuridad. Luego, presa de una excitación que le parecía peligrosa y necesaria al mismo tiempo, se sentaba sobre el borde de la cama y levantándose la falda se bajaba las bragas blancas, dejándolas caer sobre los tobillos, donde las retenía durante unos segundos antes de desprenderse de ellas para meterlas en el interior de un zapato. Cuando intentaba explicarse la rara dicha que todos estos movimientos le proporcionaban, se decía a sí misma que estaba descubriendo callejones mentales de los que el estudio de las leyes le había obligado a permanecer alejada.

A veces se acordaba de su pie derecho, enterrado con el cuerpo del forense, y tenía la tentación de ir a buscarlo, como el zapato impar de la novela, pero finalmente combatía la nostalgia de él con la satisfacción de haber roto la endogamia cruel que era común en las extremidades corporales del resto de la gente. Las zonas dobles, pensaba ella, como los pies, las manos o los ojos, deberían, si no tener distinto sexo, sí al menos romper la simetría perversa con la que el universo fingía extenderse, cuando no hacía más que reflejarse. Esos días se habían puesto de moda unos zapatos veraniegos cuyos colores, aun perteneciendo al mismo par, eran distintos. Y aunque estaban pensados para chicas muy jóvenes, la juez se compró un juego de estos zapatos asimétricos con el que le gustaba salir a la calle incluso para ir al juzgado.

Con frecuencia, pensaba también en Teresa Albor, aunque había decidido no verla hasta que el proceso en el que se hallaban inmersas ella y sus extremidades se hubiera completado. De ahí que por si acaso no tomara el metro últimamente. Iba en taxi al juzgado y a poco comunicativo que fuera el conductor le contaba que se había vuelto coja, como si en vez de tratarse de una incapacidad fuera una filosofía nueva, quizá una religión. Un día coincidió con un taxista que se había vuelto tuerto con semejante entusiasmo al que ella mostraba por la cojera, aunque no le era posible proclamarlo por miedo a que le retiraran la licencia.

—Con un solo ojo —añadió— se pierde profundidad. Lo veo todo en el mismo plano, como si la realidad fuera una pintura, pero no he tenido ningún accidente.

Los dos estuvieron de acuerdo en que tanto la ceguera parcial de él como la cojera de ella constituían un prodigio que les había puesto en contacto con lo asimétrico, lo desigual, lo desproporcionado. Y el sentimiento de la desproporción permitía emprender iniciativas socialmente imposibles desde la perspectiva anterior. Así, una tarde la juez Rincón introdujo los zapatos del forense muerto en una caja y fue con ellos a visitar a su viuda.

—Le traigo los zapatos de su marido —dijo cuando la mujer le abrió la puerta, extendiéndole el bulto con la mano izquierda, en un movimiento poco natural que acentuaba la presencia del bastón en la mano derecha.

La viuda tomó la caja con expresión atónita e invitó a pasar a la juez, que de este modo pudo comprobar que también la vivienda del forense tenía cortinas espantadas y penumbra moral, como si, pese a sus ironías, el médico hubiera creído en algún tiempo en la severidad que implicaba ser médico. Las dos mujeres tomaron asiento en un salón oscuro, pero fresco.

—Cierro completamente las persianas cuando sale el sol y no las abro hasta el anochecer. De este modo conservo el ambiente a buena temperatura —dijo la viuda bajando la mirada, en dirección al suelo. La juez Rincón escondió el pie derecho detrás del izquierdo por miedo a que la mujer reconociera la extremidad de su marido, aunque si la reconoció no dijo nada. Sin duda, aquella entrevista era posible porque funcionaba la solidaridad entre mujeres que la juez hubiera experimentado a lo largo de su carrera con algunas detenidas y, más tarde, también con la médico que firmara el certificado de defunción del forense.

—Con todos estos disgustos me he vuelto coja —dijo la juez en un momento en el que la viuda lanzó una mirada enigmática sobre el bastón.

—¿No lo era ya en vida de mi marido?

—No, no, fue después.

La viuda puso cara de decepción o de sorpresa, como si no comprendiera, pues, qué podía haber visto el forense en ella.

—A los hombres les gustan las cojas —dijo.

A continuación abrió la caja que le había llevado la juez, sacó uno de los zapatos, el derecho, y permaneció observándolo durante algunos segundos con expresión filosófica.

—Así me siento yo —dijo—, como un zapato sin pareja. Y vacío. Pese a sus infidelidades, éramos la mitad el uno del otro.

—Pero la soledad también tiene sus ventajas —dijo la juez para darle ánimos—, piense en eso.

—Será que todavía no he probado esas ventajas. No soy una mujer compleja.

—Necesita tiempo —añadió la juez.

La viuda cerró la caja de zapatos dejando dentro, completamente solo, el zapato izquierdo del forense, y ofreciéndole el derecho a la juez Rincón:

—Tenga, quédese usted con éste, de recuerdo.

La juez abandonó la casa de la viuda con el zapato derecho del forense en la mano izquierda, y al poco encontró una cabina telefónica desde la que llamó a su padre para decirle que ya no eran los jueces quienes movían el mundo, sino las cojas.

—Pero no te preocupes, papá, me he vuelto coja —añadió dejando grabado su mensaje en la cinta del contestador automático a través del que se comunicaba con el más allá.

En ese instante pasó una mujer coja especialmente distinguida por la acera, así que la juez se despidió precipitadamente de su padre y salió decidida a seguirla con el zapato derecho del forense colgando de su mano izquierda. Había pensado dirigirse a ella, para ver si era posible establecer algún contacto con aquel universo al que acababa de acceder, pero la mujer se metió en seguida en un portal oscuro, antiguo, donde curiosamente había una placa en la que se anunciaba la existencia de una sociedad esperantista, y desapareció.

Ya en casa, observó el zapato del forense por dentro y no logró ver sus límites de tan profundo como era. Le pareció un zapato viudo, desde luego, y comprendió, al contemplar la expresión ansiosa de su lengüeta, la dificultad existencial de llegar a ser uno después de haber sido dos durante tanto tiempo. Le hizo un espacio en la zona de la cocina más cercana al patio de tender la ropa y compraba para él calcetines negros de fibra, muy baratos, que abandonaba en el suelo o dejaba a medio salir del cesto de la ropa sucia.

Como quiera, por otra parte, que en seguida adquiriera la costumbre de recoger los zapatos impares que encontraba en la calle, pues el calor o la peste continuaba sacándolos de sus escondrijos haciéndolos aparecer en las aceras con expresión de alarma, el zapato derecho del forense tuvo pronto tanta compañía de otros viudos o impares como él, que la angustia anterior fue dando paso a un gesto de serenidad, de aceptación, que se manifestaba en la posición de la lengüeta. Eso al menos le pareció a la juez.

En cuanto a Vicente Holgado, la investigación policial continuó durante algún tiempo sin producir ningún efecto aclaratorio. No aparecieron los pies, ni unos zapatos negros, de cordones, que según comprobaciones posteriores habían desaparecido también de debajo de la cama, quizá con las extremidades del cadáver dentro de sí. Elena Rincón supo que la policía había molestado todavía un poco a Teresa Albor y a su familia, pero no hallaron pruebas concluyentes de su participación en el crimen y acabaron por dejarles en paz. El caso, en cuya instrucción puso la juez un afecto especial, permanecía archivado, aunque latía dentro del archivador como la novela *No mires debajo de la cama* dentro del bolso de la magistrada.

Un día, al atravesar el salón de su casa, la juez notó que había aumentado la actividad luminosa en el interior de la chimenea. No necesitó abrir la puerta para darse cuenta de que la realidad ardía con una furia desacostumbrada, como si anunciara su fin. Entonces decidió que había llegado el momento.

Esa tarde, se acercó al centro comercial de Arturo Soria y buscó, sin dar con él, el establecimiento de masajes de Teresa Albor, a quien encontró en cambio al otro lado del mostrador de un negocio cuyo rótulo decía: HOSPITAL DEL CALZADO.

Los zapatos heridos o gravemente enfermos reposaban en estanterías de madera y había, distribuidas a lo largo del local, varias hormas de hierro a cuyos lomos aliviaba el calzado presente el síndrome de encontrarse sin pie.

La juez Rincón se acercó al mostrador y saludó a Teresa con un estremecimiento al que la mujer respondió con un escalofrío.

—Venía con intención de darme un masaje —dijo la magistrada.

—No llegué a abrir ese negocio —respondió Teresa—, no era el sitio y mi padre me aconsejó montar esta tienda de reparación rápida del calzado.

—No importa —añadió la juez—, también me duele mucho el zapato derecho.

Teresa Albor hizo pasar a la magistrada al otro lado del mostrador, y aunque no hizo comentario alguno sobre el bastón, Elena Rincón se sintió obligada a señalar que se había vuelto coja.

—Me volví coja —dijo.

Teresa la invitó a tomar asiento en un taburete, le quitó el zapato con un cuidado turbador y tras revisar sus entrañas introduciendo el dedo índice hasta el fondo, como palpándole una víscera específica, aseguró que no era nada de importancia.

—Si espera usted un poco, le quitamos en seguida ese dolor a su zapato.

—Esperaré toda la vida —respondió la juez con cierto patetismo fijando la atención en el título de un libro que había al lado de una de las hormas.

—¿Lo ha leído? —preguntó Teresa al observar el interés con que la juez miraba su ejemplar de *No mires debajo de la cama*.

—Estoy en la página 207 —respondió Elena.

—Igual que yo —añadió la mujer—, yo también estoy en esa página. Qué raro.

Este libro
se terminó de imprimir
en los Talleres Gráficos
de Palgraphic, S. A.
Humanes, Madrid (España)
en el mes de octubre de 1999